W0473181

btb

Aus Freude am Lesen

Wer ist Alice wirklich? Die liebevolle Ehefrau und Mutter? Die schusselige Museumsführerin im Louvre? Oder die eifersüchtige Furie, die die vermeintliche Geliebte ihres Mannes kidnappt? Inspektor Picasso, der diesen Vorfall daraufhin untersucht, verfällt immer mehr der mysteriösen Aura dieser Frau. Er folgt ihr sogar zur Beerdigung ihrer Mutter, wo er Alice nicht nur näher kommt, sondern auch ein Geheimnis in ihrer Vergangenheit entdeckt, das ihrer Liebe im Weg stehen könnte.

SOPHIE BASSIGNAC, aufgewachsen in Angers im Westen Frankreichs, lebt heute in Paris. *Vielleicht ist es Liebe* wurde in Frankreich von der Kritik begeistert aufgenommen und in zahlreiche Sprachen übersetzt.

Sophie Bassignac

Vielleicht ist es Liebe

Roman

Aus dem Französischen
von Michael von Killisch-Horn

btb

Die Originalausgabe erschien 2009 unter dem Titel
À la recherche d'Alice bei Éditions Denoël, Paris.

FSC
www.fsc.org
MIX
Papier aus verantwortungsvollen Quellen
FSC® C083411

Verlagsgruppe Random House FSC® N001967
Das für dieses Buch verwendete FSC®-zertifizierte
Papier *Lux Cream* liefert Stora Enso, Finnland.

1. Auflage
Deutsche Erstveröffentlichung August 2013
btb Verlag in der Verlagsgruppe Random House GmbH, München
Copyright © 2009 by Éditions Denoël
Copyright © der deutschsprachigen Ausgabe 2013 bei btb Verlag
in der Verlagsgruppe Random House GmbH, München
Umschlaggestaltung: semper smile, München
Umschlagmotive: © Sven Hagolani/Corbis
Satz: Uhl + Massopust, Aalen
Druck und Einband: CPI – Clausen & Bosse, Leck
MI · Herstellung: sc
Printed in Germany
ISBN 978-3-442-74187-8

www.btb-verlag.de
www.facebook.com/btbverlag
Besuchen Sie unseren LiteraturBlog www.transatlantik.de

»Und ich beginne mich zu fragen,
ob es das gibt,
die Geschichte von jemandem.«

Virginia Woolf, *Die Wellen*

1

»Setzen Sie sich«, sagte Inspektor Picasso.

Mit feuchtem Blick und die Schultern hochgezogen gegen die Geräusche der Umgebung, die wie Schläge in ihrem Kopf hallten, setzte sich Alice ihm gegenüber.

»Kaffee?«

»Ja, danke«, murmelte sie.

»Coignard, zwei«, sagte Picasso, die Finger v-förmig ausgestreckt. Er schaltete seinen Computer ein und öffnete einen gelben Umschlag. »Sie hätten mich anrufen sollen«, fügte er hinzu, nachdem sein Kollege im Flur verschwunden war. »Ich hätte dafür gesorgt, dass Sie nicht …«

»Nein, nein«, unterbrach sie ihn lebhaft. »Das ist schon in Ordnung.«

Als er gegen siebzehn Uhr in das Kommissariat zurückgekommen war, hatte der Inspektor Alice Conque, eine Freundin seiner Frau, in der Ausnüchterungszelle vorgefunden, wo sie sich seit dem Vormittag von einer »unglaublichen« Geschichte erholt hatte. Es war das erste Mal, dachte er bei sich, dass er diese kleine Blondine, der er im Haus jahrelang immer nur zwischen Tür und Angel begegnet war, aus der Nähe sah.

»Wer ist diese Catherine Hersch?«, fragte der Inspektor.

»Sie ist Fotografin. Reporterin. Sie arbeitet vor allem im Ausland, wie Vincent.«

»Ihr Mann?«

»Ja.«

Picasso wusste von Hélène, dass Vincent Conque Journalist war, dass er ständig durch die Welt reiste und dass Alice häufig allein war. »Noch öfter allein als ich. Das will was heißen!«, hatte seine Frau ihm schrill lachend an den Kopf geworfen und ihm den Rücken zugewandt.

Während der Inspektor die schmierige Bahn eines grünvioletten digitalen Fisches vor dem nachtblauen Hintergrund seines Bildschirms verfolgte, sah er zugleich Alice klar und deutlich links in seinem Blickfeld. Er hatte bemerkt, dass sie rote Turnschuhe und einen Beatles-Button am Revers ihrer Jacke trug. Sie musste um die vierzig sein. »Das Alter der Frauen heutzutage ...«, dachte er. Nach fünfundzwanzig Berufsjahren interessierten die Menschen ihn nicht mehr so sehr, doch von ihr ging eine Poesie aus, die ihn wie eine beginnende Erkältung schwächte.

Es trat eine Pause ein, in der keiner den anderen anschaute. Dann schien Alice aus ihren Gedanken aufzutauchen, den Mund halb geöffnet, um etwas zu sagen, und ihr Blick traf den Inspektor wie ein Blitzlicht. Er drehte schnell den Kopf weg und tauchte wieder in das Unterwasserleben seines Computers ab. Picasso spürte bei dieser Frau einen ansteckenden Wahnsinn, einen Mikrobenherd, der sich irgendwo zwischen ihrem verstörten Blick und ihrem unbestimmten Lächeln eingenistet hatte und ihn daran erinnerte, dass das Leben vielschichtiger war, als es den Anschein hatte.

»Ist es möglich, dass mein Mann und meine Kinder nichts davon erfahren?«, fragte sie mit der Stimme einer Schülerin, ohne allzu sehr daran zu glauben.

»Das hängt ganz von Catherine Hersch ab. Im Augenblick wirkt sie sehr aufgebracht, aber häufig beruhigen die Leute sich wieder, und die Dinge regeln sich. Wir werden sehen. Erzählen Sie mir lieber … Sie haben heute Morgen um acht Uhr dreißig bei ihr geklingelt?«

»Ja. Ich hab ihr gesagt, ich sei die Briefträgerin und hätte ein Einschreiben für sie.«

Coignard kam mit dem Kaffee herein. Picasso holte rasch Zucker und Plastiklöffel aus einer Schublade und verfluchte insgeheim seinen Assistenten, der ständig, seit Jahren, entsetzlich stank, und an diesem Morgen vor dieser Frau sogar besonders stark. Auf eine Kopfbewegung des Inspektors hin fuhr Alice fort:

»In Wirklichkeit hat die ganze Sache sehr schlecht angefangen, und daran war sie schuld. Wie soll ich es Ihnen sagen? Schon beim Öffnen der Tür hat sie durch mich hindurchgesehen, als suchte sie etwas hinter mir. Verstehen Sie? Das war sehr unangenehm. Darf ich rauchen?«

Mit leicht zitternder Hand holte sie ein Päckchen Zigaretten aus ihrer Tasche.

Der Inspektor stand auf, um das Fenster zu öffnen.

»Danke«, sagte Alice, während sie sich eine Gauloise anzündete. »Heutzutage kann man nicht mehr rauchen, ohne zu frieren«, fügte sie freundlich lächelnd hinzu und blickte zum Himmel. »Ich hab ihr gesagt, ich sei die Frau von Vincent.«

»Sie kennt Sie nicht?«, fragte Picasso verblüfft.

»Nicht wirklich. Es ist wie überall, die Leute haben zwei Leben, ein berufliches und ein privates. Und außerdem begegnet sie dermaßen vielen Leuten ... Sie hat mich jedenfalls hineingelassen. Ich hatte nicht erwartet, so leicht in das Wohnzimmer von Catherine Hersch zu gelangen. Haben Sie schon von ihr gehört?« Picasso schüttelte den Kopf. »Nein? Dabei ist sie ein Star, sie arbeitet für amerikanische Zeitschriften ... Sie verstehen?«

Picasso verstand nicht wirklich. Alice redete über eine Welt, der man in den Kommissariaten nur selten begegnete. Das flüchtige Bild eines Typen mit einem Turban auf dem Kopf wie ein Tuareg, ein Mikro in der Hand und mit gelbem Staub geschminkt, ging ihm durch den Kopf. Da er schon lange keinen Hass mehr empfand auf das, was er eigentlich beneidete – das Alter hat eben auch Vorteile, schätzte er –, stellte er sich ohne zu zögern auf die Seite der Freundin seiner Frau, der kleinen Blondine, die in seiner Straße wohnte und die Beatles hörte.

But the fool on the hill sees the sun going down ...

Ein Luftzug strömte herein und ging aus wie eine Lampe. Alice fuhr fort, mit schleppender Stimme, aber lebhaft, fast fröhlich.

»Ich bin Museumsführerin. Hélène hat es Ihnen vielleicht erzählt, oder Iris.«

Alice hatte eine sechzehnjährige Tochter, Iris, beste Freundin von Juliette, der Tochter der Picassos. Zwischen den vier Frauen herrschte ein reger Informationsaustausch.

Picasso trommelte mit den Fingern auf dem Schreibtisch herum und räusperte sich. Als der Tabakgeruch und Coignards Schweißgestank verflogen waren, stand er auf und schloss das Fenster.

»Ich versichere Ihnen, dass ich keine Hintergedanken hatte, als ich in ihre Wohnung ging«, sagte Alice. »Sie trug einen wunderschönen japanischen Kimono aus roter Seide. Wissen Sie, Frauen legen großen Wert auf ihre Kleidung, und ein roter Kimono ist schon etwas Besonderes. Sie hat mir einen Kaffee angeboten. Dann klingelte das Telefon, und sie hat den Apparat mit in den Flur genommen und dort sehr leise gesprochen.«

»Ich verstehe immer noch nicht, was Sie eigentlich bei ihr wollten«, sagte der Inspektor.

»Ich wollte sie sehen.« Alice bewegte die Finger, als spielte sie mit den schillernden Reflexen eines hübschen Rings, aber ihre Hand war nackt. Dann deutete sie mit dem Kinn auf die gelbe Akte, die auf Picassos Schreibtisch lag. »Muss ich wirklich alles noch mal ganz von vorn erzählen?«

»Ja«, antwortete der Inspektor. »Immerhin drücken Sie sich jetzt klarer aus als in Ihrer ersten Aussage, bei der Sie sehr verworren wirkten.«

Widerwillig fuhr Alice fort.

»Das Telefongespräch dauerte endlos, und von ihrem Kaffee wurde mir übel. Ich versuchte mich zu konzentrieren, damit die Übelkeit vorbeiging, und dachte, ein bisschen frische Luft würde mir guttun.« Alice öffnete die Arme, wie man ein Fenster öffnet. »Ich weiß nicht, was passiert ist, eine Bö, der Regen, kurz, ein Stapel Fotos wurde fortgeweht. Ich bin in Panik geraten, und meine Tasse ist auf den Teppichboden gefallen. Dann wollte ich das Fenster schließen und bin gegen ein rundes Tischchen gestoßen. Eine Vase, die darauf stand, ist runtergefallen und zerbrochen, es war schrecklich.« Wie festgeschraubt auf ihrem Stuhl, ahmte Alice mit ihrem Oberkörper und ihren Händen den stürmischen Wind, die stürzenden Gegenstände und die Geräusche des Zerbrechens nach. Picasso sah ihr fasziniert zu. »Und dann muss ich mich mit den Füßen in einem Teppich verfangen haben. Ich musste mich an einem Regal festhalten, und die Bücher sind natürlich herausgepurzelt. Genau in dem Augenblick ist Catherine Hersch zurückgekommen und zum Fenster gestürzt, um es zu schließen. Nach dem Regen, dem Straßenlärm und so weiter trat plötzlich tiefe Stille ein. Sie hat getan, als sei nichts geschehen.«

Alice Conque war außer Atem. Sorgfältig und gewissenhaft atmete sie tief ein und legte eine Hand auf ihre Stirn. Picasso begriff jetzt, warum seine Frau Hélène diese merkwürdige Person so sehr mochte. »Sie ist quirlig«, hatte sie eines Tages gesagt. Damals hatte er das als Vorwurf aufgefasst, doch jetzt, hier in seinem Büro, verstand er, was

Hélène hatte sagen wollen. Alice schien äußerst kompli- zierte Beziehungen zum Leben zu unterhalten. Sie zündete sich eine zweite Zigarette an. Picasso öffnete nicht das Fenster. Sie lächelte ihm freundlich zu und fuhr fort:

»Sie schenkte mir einen zweiten Kaffee ein, und die Übelkeit kehrte sofort wieder zurück. Ich hab mich auf ihren Kimono konzentriert, aber dieses tiefe Rot war schlimmer als alles andere. Also hab ich mir einen Papierkorb gegriffen und hineingekotzt. Es ging mir hundsmiserabel. Einen Moment hab ich mich sogar gefragt, wer diese Frau mir gegenüber eigentlich ist. Dann hat sie mir vorgeschlagen, mich einen Augenblick hinzulegen, und mich fast in ihr Schlafzimmer getragen. Ich muss ein bisschen geschlafen haben, und als ich aufwachte, entdeckte ich, dass ich in einem Himmelbett mit weißen Schleiern rundherum lag. Die Tür war geschlossen. Ich fühlte mich gedemütigt.« Alice sah Picasso leicht vorwurfsvoll an und fuhr dann, nach kurzem Zögern, flüsternd fort: »Ich hab die Hand unter das Kopfkissen geschoben und ein elfenbeinfarbenes seidenes Nachthemd hervorgezogen, mit Spitze dünn wie Küchenbindfaden.« Alice wand sich auf ihrem Stuhl. »Catherine Hersch betrat genau in dem Augenblick das Zimmer, als ich das Nachthemd an meine Nase hielt, um daran zu riechen … Ich kam mir dermaßen blöd vor mit diesem Ding in der Hand, dass ich hineingeschnäuzt habe, um meine Unsicherheit zu überspielen.« Die beiden Inspektoren tauschten einen vielsagenden Blick, den Alice nicht bemerkte, da sie auf ihre Hände konzentriert war. Sie fuhr fort. »Ich bin ihr ins Wohnzimmer gefolgt. Sie hatte den Teppichboden gereinigt und die Gegenstände wieder an ihren Platz gestellt. Sie hat mich gefragt, ob ich mich besser fühle, und sich dann neben mich aufs Sofa gesetzt, als wäre sie allein. Ich glaube, ich habe noch nie jemanden so gehasst wie sie in diesem Moment. Ihr langes glänzendes Haar, ihre Ruhe, ihre Taucheruhr. Sie können das nicht verstehen. Sie denken, ich bin die Kröte, die vom Teller der Königstochter essen will.«

Picasso war verwirrt und senkte den Blick. Daraufhin begann Alice zu weinen, dicke Tränen, die ihre Gesichtszüge entstellten, ihren Mund verzerrten und ihren Blick trübten. Der Inspektor reichte ihr ein Papiertaschentuch. Sie schnäuzte sich und fuhr fort:

»Sie ist aufgestanden, um eine kleine Schachtel vom Regal zu holen. Da drin lagen selbstgedrehte Zigaretten. Sie hat mir eine angeboten, und wir haben schweigend geraucht. Ich hab schnell begriffen, dass die etwas anderes als Tabak enthielten. Sie wollte wissen, ob wir uns schon mal begegnet wären, und ich war natürlich diejenige, die sich daran erinnerte. Bei einem Fotofestival im Süden hatte sie sich vor Jahren auf Vincent gestürzt, und dann hat sie mich gefragt, ich schwör Ihnen, es ist wahr, sie hat mich gefragt: ›Wie geht es dem Kind?‹, womit sie Iris meinte, die damals ein paar Monate alt gewesen war. Diese Erinnerung hat mich verrückt gemacht, und ich hab sie boshaft gefragt, warum sie keine Kinder hätte. Ich kenne diese Mädchen, ihre Achillesferse ist das Familienleben. Sie hat laut gelacht und gesagt, sie stehe auf Frauen, und ich wäre wohl die Einzige in Paris, die das nicht wisse. Ich hab zu ihr gesagt, dass ich ihr nicht glaube. Da ist sie aufgestanden, hat mich am Kinn gepackt und mich geküsst.«

Alice schwieg, mit offenem Mund, ihre unberingte Hand über den Augen. Sie hatte Kopfschmerzen. Ihr war sehr heiß und sehr kalt in dem zusammengewürfelten Büro des Inspektors. Das Licht des Bildschirms spiegelte sich gespenstisch blau auf Picassos Haut.

»Erzählen Sie weiter«, sagte er.

»Ich hab ihr zwei saftige Ohrfeigen versetzt.« Alice lehnte sich auf ihrem Stuhl zurück. Mit leerem Blick und zufriedenem Lächeln schien sie sich die Szene noch einmal zu vergegenwärtigen. Coignard machte Geräusche hinter ihr, dann erzählte sie weiter: »Ab da weiß ich nicht mehr hundertprozentig, was passiert ist. Sie erinnert sich vielleicht besser. Obwohl. Ich wollte gehen, aber ich fand die Wohnungstür nicht mehr, und als ich durch die Küche kam, hab ich den Mülleimer inspiziert. Ja, aus einer fixen Idee heraus. Ich war sicher, dass selbst ihr Abfall Klasse hatte, und das musste ich einfach überprüfen. Ich schrie und konnte nicht damit aufhören, keine Ahnung, warum, ein bisschen wie ein Indianer, der um seinen Totempfahl herumtanzt, verstehen Sie? Ich fand Catherine Hersch im Badezimmer. Sie betrachtete ihre geschwollene Backe im Spiegel.«

Alice brach in Gelächter aus. Coignard drehte den Kopf und begegnete Picassos Blick, der zu verstehen gab: Schon gut, die wird sich schon wieder beruhigen.

»Catherine Hersch hat ausgesagt, Sie seien ins Wohnzimmer zurückgekehrt, um sich einen zweiten Joint anzuzünden«, sagte der Inspektor.

»Schon möglich. Jedenfalls hat ihre Gleichgültigkeit mich auf die Palme gebracht. Ich hab also angefangen, sie hinter der Badezimmertür zu beobachten. Sie hat sich ein Bad eingelassen. Ich hab einen Stuhl aus dem Schlafzimmer geholt und mich ihr gegenübergesetzt. Sie hat große Brüste, die schwammen auf dem Wasser, umgeben von Schaum wie der weiße Pelz an der Mütze des Weihnachtsmanns. Ich glaube, wir waren beide sehr ernst und äußerst konzentriert. Sie hat angefangen, an ihren Haarspitzen zu zupfen, wütend und mit Methode, ich war ganz fasziniert. Ich hab sie gefragt, ob sie mit Vincent geschlafen habe, und diese Verrückte hat das bejaht.« Alice drehte sich um, machte Coignard ein kleines unsinniges Zeichen und fuhr fort: »Danach ist alles sehr schnell gegangen. Ich bin ins Wohnzimmer gegangen und hab die Kabel des Computers rausgerissen. Dann hab ich ihr damit die Hände am Wasserhahn der Badewanne festgebunden. Sie hat sich im Wasser gewehrt wie eine große fette Krake. Sie hörte nicht auf zu schreien, zu sagen, das sei alles Unsinn, sie habe nie mit Vincent geschlafen, sie fände ihn viel zu blöd. Als sie begriff, dass sie sich nicht mehr bewegen konnte, fing sie wie ein kleiner Hund zu hecheln an, wissen Sie, dieses kurze stoßweise Atmen, das man uns vor der Geburt beibringt. Ich bin dann ins Wohnzimmer zurückgekehrt, um einen letzten Joint für unterwegs zu rauchen, das weiß ich noch. Danach hab ich mich wieder ihr gegenübergesetzt. Sie hüstelte nervös und tat, als wäre ich nicht da. Ich hab ihr gesagt, ich würde jetzt gehen. In der Eingangshalle des Mietshauses hab ich mich in einem großen Spiegel gesehen, neben einem Weihnachtsbaum, der unter den Girlanden fast zusammenbrach. Da fiel mir Catherine Hersch in ihrem Schaum wieder ein, ich bekam Gewissensbisse und dachte mit Rührung an ihre dicken Brüste.« Hinter ihr tarnte Coignard einen beginnenden Lachanfall als Hustenreiz. Picasso bedeutete ihm diskret, den Raum zu verlassen, doch er rührte sich nicht. »Und außerdem ließ mir noch etwas anderes keine Ruhe. Ich wollte unbedingt wissen, warum sie ihre Taucheruhr abgenommen hatte, bevor sie ins Bad gestiegen war. Ich bin wieder zu ihr hinaufgegangen, zum Glück hatte ich die Tür nicht zugeschlagen. In der Küche roch es verbrannt, der Mülleimer stand in Flammen, wahrscheinlich hatte ich meinen letzten Joint nicht richtig ausgemacht.« Alice zögerte. »Ich hab alles ins Badewasser geworfen, um das Feuer zu löschen. Die Hersch brüllte, es war kein schöner Anblick. Ich hab ihre Hände losgebunden, und sie hat mir eine gewaltige Ohrfeige verpasst. An ihrem Körper klebten dicke Schaumklumpen, die wie Gelee zitterten, und Kippen und Orangenschalen. Splitterfasernackt hat sie die Polizei gerufen. Und die war sehr schnell da. Ich bin immer noch verwirrt. Ich steh völlig neben mir.«

Picasso sah Alice lange an. Den Blick gesenkt und die Hände flach auf den Schenkeln, wirkte sie wie ein kleines ernstes Mädchen, das auf eine Strafe wartet, die es, seiner Meinung nach, wohl verdient hat.

»Warum dachten Sie, diese Frau hätte ein Verhältnis mit Ihrem Mann?«, fragte der Inspektor.

Alice seufzte, streckte ein Bein aus, betrachtete ihre roten Schuhe und richtete dann ihren Blick auf Picasso.

»Tja, ob Sie's glauben oder nicht, ich habe einen anonymen Brief erhalten. Einen richtigen anonymen Brief, mit der Maschine getippt, in dem mir mitgeteilt wurde, Vincent würde mich mit Catherine Hersch betrügen. Ich bin aus allen Wolken gefallen. Ich konnte nicht fassen, dass jemand so etwas tut. Verstehen Sie?«

»Ja«, antwortete Picasso.

»Ich hatte also zwei Möglichkeiten. Ich konnte ihn ignorieren und mein Leben weiterführen.« Sie dachte nach. »Wie soll ich es Ihnen erklären? Ich bin zu Catherine Hersch gegangen, weil ich mich verpflichtet fühlte, es für diesen Unbekannten zu tun, der sich die Mühe gemacht hatte, mir zu schreiben.«

Picasso fühlte eine ungeheure Müdigkeit wie lauwarmes Wasser über seinen Körper laufen.

»Wer hat Ihnen geschrieben? Haben Sie eine Ahnung?«

»Nein.« Alice seufzte und blickte sich um, als entdeckte sie gerade den Raum. Sie verzog das Gesicht vor Schmerz, während sie den Kopf drehte. »Haben Sie Aspirin?« Picasso öffnete die dritte Schublade seines Schreibtischs, holte eine Tablette heraus und reichte sie ihr. Sie schluckte sie mit dem Rest des Kaffees und sah den Inspektor dann mit einem anderen Blick an. »Die Mädchen wollen etwas an ihrem Geburtstag machen, hat Hélène es Ihnen erzählt? Wissen Sie, dass sie im Abstand von zwei Tagen geboren wurden?«

Picasso war gereizt wegen dieser anonymen Briefgeschichte.

»Haben Sie vorher schon solche Briefe bekommen?«

»Nein.« Die Unterhaltung neigte sich spürbar ihrem Ende zu, und während Alice die Zigarettenschachtel in ihre Tasche steckte, fügte sie lachend hinzu: »Wissen Sie, mir passieren häufig komische Dinge. Vor allem in letzter Zeit. Ich bin sehr ungeschickt. Vincent sagt immer, mein Kopf wäre ständig woanders.«

»Können Sie mir Beispiele nennen? Dinge aus jüngster Zeit?«, fragte Picasso, weil er aus Erfahrung wusste, dass am Ende eines Verhörs, wenn das Gegenüber bereits gehen will, immer die wirklich wichtigen Dinge gesagt werden.

»Oh, vor drei Wochen zum Beispiel, als es geschneit hat, da fiel ein Eisblock von einem Dach und hat mich bewusstlos geschlagen. Mein Kopf blutete. Die Bäckerin hat die Feuerwehr gerufen ... So ist das immer.« Sie überlegte. »Und neulich in einem Kino in Saint-Germain, da glaubte ich zu hören, wie mir jemand *ti amo* ins Ohr flüsterte. Ich hab mich umgedreht, aber hinter mir saß niemand. Vincent hat mich ausgelacht ... Kann ich jetzt gehen?«

Picasso sprang auf, als schreckte er aus dem Schlaf.

»Natürlich.«

Er begleitete Alice zur Tür.

»Ich werde mit Mademoiselle Hersch sprechen. Ich möchte wissen, welche Menge Haschisch sie in ihrer Wohnung hat.« Er lächelte und bemerkte, dass ihre Gesichter sich fast berührten. »Mögen Sie die Beatles?«

»Geht so«, erwiderte Alice und schielte auf ihren Button. »Das ist ein Geschenk von Charles, meinem Sohn.«

Sie stürmte die geflieste Treppe hinunter, ohne sich zu verabschieden.

Tja, dachte Picasso, der noch immer ganz benommen war. Sie ist da, und sie ist nicht da. Er beschloss, unbedingt die Hersch aufzusuchen und außerdem Hélène über diese Schultor-Freundin auszufragen – genau die Sorte Frau, die mit offenen Augen in ihr Unglück rannte.

»Gib zu, dass es komisch ist«, sagte Hélène.

Picasso sah zu, wie seine Frau die Teller unter den Wasserhahn hielt und sie dann sauber in die Spülmaschine räumte, wobei sie die ideale Anordnung suchte, eine Schüssel herausnahm und durch drei kleinere ersetzte, direkt neben den Messern, die stets mit der Spitze nach unten im Korb standen. Sie hatte dem Bericht über die Auseinandersetzung zwischen Alice und der Fotografin aufmerksam zugehört. Diese Geschichte gefiel ihr außerordentlich, sie nahm sie in Besitz wie ein maßgeschneidertes Kleid, das war ein Abenteuer ganz nach ihrem Geschmack, wie geschaffen für sie, die ihre Freundschaft mit Alice sehr genoss.

»Findest du nicht? Also wirklich …«, fügte sie hinzu, da Picasso schwieg.

Sie schloss die Spülmaschine, drückte auf den Knopf, nahm ihre Teetasse und stellte sich an die Wohnzimmertür, um mit einem Auge zu beobachten, was in Juliettes Zimmer vor sich ging, denn Hélène Picasso gab nie, niemals Ruhe.

»Glaubst du, dass er sie betrügt?«, fragte der Inspektor.

»Vincent? Keine Ahnung.«

Picasso war todmüde. In einem weichen Sessel versunken, dachte er an Alice, an die Ruhe ihres Blicks, der in Zeitlupe über die Dinge glitt, an ihre sanfte Stimme. Er hatte die Hersch aufgesucht. Zwischen Tür und Angel empfangen war es ihm nicht schwergefallen, sie zu überzeugen, sich zu beruhigen. Alice Conque, Picasso und die ganze Welt waren für diese Frau höchstens lästige Störungen. Für sie war die Angelegenheit bereits erledigt. Als er die Wohnung der Fotografin verließ, hatte er das Gefühl gehabt, aus der Dunkelheit eines Kinos zu treten, alles kam ihm plötzlich sehr trist vor, ein richtiges Scheißleben, fehlte nur noch, dass es zu nieseln anfing.

»Wusstest du von dem anonymen Brief?«, fragte er.

Hélène entfernte sich von ihrem Beobachtungsposten und setzte sich neben ihren Mann. Picasso wunderte sich immer wieder über ihre Steifheit in dieser Ruheposition.

»Ich wusste davon«, sagte sie ernst. »Ich wollte dir davon erzählen, aber ich hab es nicht getan. Warum, weiß ich nicht.«

Hélène stellte ihre leere Tasse auf den niedrigen Tisch und kratzte an einem Fleck auf ihrem Rock.

»Seit wann kennst du sie?«

»Na ja, ich hab sie kennengelernt, als Juliette in die Siebte kam. Vor über vier Jahren also.«

»Wie habt ihr euch kennengelernt?«

Hélène sprang auf und verschwand im Flur. Wie so oft hatte sie etwas gehört, einen stummen Ruf, einen dringenden Befehl. Ein paar Augenblicke später kam sie zurück, ein Handtuch in der Hand, das sie auf ihre Knie legte, warum auch immer. Sie fuhr fort:

»Weißt du, am Schultor wählen sich auch die Mütter gegenseitig, wie die Kinder auf dem Schulhof. Aber eigentlich erfahre ich vor allem durch Iris alles Mögliche über die Conques. Alice hatte eine schwierige Kindheit. Bescheuerte Eltern, glaube ich. Sie hat eine ältere Schwester in der Provinz. Jedenfalls ist sie sehr verliebt in Vincent.«

Hélène wandte den Kopf ab und zog energisch, fast wütend, dachte der Inspektor, die doppelten Vorhänge zu. Bei den Picassos war niemand in irgendjemanden sehr verliebt, und manchmal drückte der Schuh, auch wenn man sich ganz gut im Leben eingerichtet hatte.

2

Alice Conque torkelte zur Metro, stieg in einen Zug, setzte sich auf einen Notsitz und schloss die Augen. Vor einem mit roten Sternen übersäten schwarzen Hintergrund hörte sie Kinder im Wagen lachen, versetzte sich nach La Baule im August '75 und sah ihre Schwester mit merkwürdig undurchdringlichem Gesichtsausdruck langsam aus den Wellen kommen. Und da bemerkte Alice, dass Clothilde diesen grauenhaften gehäkelten orangefarbenen Badeanzug trug, der Tonnen wog, wenn er nass war, und wie eine Windel am Hintern hing. Eine „Schnapsidee« ihrer Mutter und ihres sehr selektiven Interesses für den äußeren Eindruck, was Alice auf die Palme brachte. In diesem Zusammenhang sah sie sich selbst, ebenfalls gedemütigt, in beigen Cowboystiefeln mit Kreppsohlen wieder, noch so ein brillanter Kauf dieser Frau, die immer danebengriff und ihre Töchter ständig zu unmöglichen Arrangements zwang. Dreißig Jahre später nun weinte Alice in der Metro deswegen beinahe, doch instinktiv öffnete sie die Augen an der Station Palais Royal und schlängelte sich mit urbaner Anmut wie ein Aal durch die Menge, ohne jemanden zu streifen.

Unter der Pyramide des Louvre begegnete sie Agnès

Prout, die mit ihrer Gruppe bereits zu den ägyptischen Altertümern unterwegs war. Sie hatte Alice ein paar Jahre nach Charles' Geburt zwischen Büchern über Zen-Buddhismus in einer Buchhandlung im 15. Arrondissement überzeugt, wieder zu arbeiten. Damals hatte Alice nicht das Gefühl gehabt, dass in ihrem Leben etwas schieflaufen könnte. Eine atemlose, damals unverheiratete und vollkommen aufgedrehte Agnès hatte sie erst mit der Bemerkung schockieren müssen: »Bei diesem Tempo wirst du unweigerlich vor dem Teleshopping enden«, um sie zu überreden, ihre Arbeit im Museum wieder aufzunehmen.

Oben an der Rolltreppe grüßte Agnès Alice, die diese Agnès Prout wirklich wunderschön fand mit ihren Stöckelschuhen, ihrem nachtblauen Kleid, ihren afrikanischen Kurven und ihrem feuerroten Haar.

»Und?«, fragte Alice aus der Ferne, stumm die Lippen bewegend.

Agnès bewegte wellenförmig die Hand, womit sie sagen wollte: »Na ja, so lala.« Seit einigen Wochen verbrachte sie ihre freie Zeit mit Behördengängen, um das t aus ihrem »verdammten« Familiennamen zu entfernen, der so viel wie »Furz« bedeutete. Sie konnte die Sarkasmen oder deren Unausgesprochenheit nicht mehr ertragen. Alice hatte sie gefragt, ob es »nicht einfacher ist, einen Buchstaben hinzuzufügen, als einen zu entfernen«. Doch Alice hatte genervt geantwortet, das mache »keinen Unterschied«. Die einfachste Lösung sei, ihren Liebhaber zu heiraten, Frédéric Pelletier, der nur darauf warte, doch sie weigere sich zu heiraten, »um einen Zwiebacknamen anzunehmen.«

Die Donnerstagsgruppe war Alices Lieblingsgruppe. Immer pünktlich, lächelnd und wohlduftend, dürstete ihre kleine Schar geschniegelter Vierzigjähriger nach Schönheit und stellte kaum Fragen. Schon bei der ersten Führung hatten sie begriffen, wie die Audioguides funktionierten, »ein wahres Glück«. Es gab in der Gruppe dieses Mädchen, das nickte wie die Plastikhündchen hinten im Wagen auf der Hutablage und hämisch lächelte, nach dem Motto »das wusste ich längst«, doch selbst sie verzichtete darauf, zu allem ihren Senf dazuzugeben. Eine Wohltat für Alice, denn sie fürchtete nicht die Fangfragen, sondern die Lächerlichkeit derjenigen, die »nicht wirklich Ahnung hatten«.

»Die Präsentation von Kenntnissen ist eine subtile Kunst, auf die sich nur wenige verstehen«, hatte sie eines Tages mit dem Akzent eines alten chinesischen Weisen zu Iris gesagt, als sie sie dabei erwischt hatte, wie sie vor ihren Freundinnen prahlte.

»Guten Abend. Sind alle da?«, fragte Alice. »Hat jeder seinen Apparat? Haben Sie ihn getestet? Dann los.«

Abweichend von der Programmplanung für den Jahresanfang war man übereingekommen, dass Alice das Thema der Dezemberführung selbst wählen konnte. Als sie »Antike Bildhauerkunst« ankündigte, gab es lange Gesichter, und zwei oder drei blickten zur Tür, um in Erfahrung zu bringen, ob es noch möglich sei zu fliehen. Sie lächelte. In ein paar Minuten würden sie alle gefangen sein, denn »die Bildhauerei, die verarmte Verwandte der Kunst, ist eine unendlich bewegende Disziplin, folgen Sie mir.«

In dem langen, mit altem Blutrot marmorierten Saal blieb Alice, die vor nichts mehr Angst und auch keine Kopfschmerzen mehr hatte, sobald sie sich den Button ans Revers geheftet hatte, der sie als Führerin auswies, vor verächtlichen Apollos stehen, kommentierte das steinerne Haar und ließ ihre Zuhörer um die Körper herumgehen.

»Ja, ja, die haben Pobacken, sehen Sie nur hin«, sagte sie. »Eine Skulptur betrachtet man nicht wie ein Gemälde, gehen Sie um sie herum.«

Auf Zehenspitzen studierten ihre alten Schüler eingehend tropfenförmige Waden und Rücken, während Alice auf die Sanftheit eines leicht gebogenen Frauenrückens hinwies, auf die mineralische Pest der zerfressenen Nasen und Finger, die Arroganz der Epheben mit ihren toten Augen und die provozierenden und glatten Hüftverrenkungen dieser blassen Götter, die sie von oben herab betrachteten. Sie verweilte länger vor den »Depressiven«, diesen Werken, die nicht mehr kommunizierten, sondern dahinsiechten wie manche Tiere im Zoo. Dieser Gedanke, den sie gern entwickelte, hatte ihr im Museum den Spitznamen »Schwester Alice« eingetragen, den sie kommentarlos akzeptierte, »ich weiß, was ich weiß«.

»Dieses Verbot, sie anzufassen, ist unmenschlich, finden Sie nicht?«

Alice zuckte zusammen. Eine sanfte Stimme hatte ihr

diese Frage, die für sie, die den Marmor heimlich berührte, wenn sie sich allein wähnte, so bedeutsam war, zwischen Hals und Ohr zugeflüstert. Sie drehte sich um und sah einen Männerrücken, der verstohlen den Raum verließ. Sie nahm einen Tweedanzug wahr, den Hut eines alten Mannes und zwei lange dünne Beine. Kein Alter, kein Gesicht. Eine Frau aus der Gruppe, die die Szene beobachtet hatte, sah Alice an und verzog ihr Gesicht zu einem verlegenen Lächeln. Alice lief zum Korridor. Der Mann hatte sich in Luft aufgelöst.

Verwirrt ging sie auf Audioguide und setzte ihre Führung fort, ohne daran teilzunehmen.

»In der Antike waren die Statuen bemalt…« Ich kenne diese Stimme, dachte sie. »Praxiteles war der Erste, der die Frau nackt darstellte…«

Gefolgt von ihrer getreuen Traube, beschloss Alice, dass es so nicht weitergehen konnte. Picasso. Morgen früh würde sie ihm alles erzählen. Der Gedanke wirkte wie eine Salbe und beruhigte sie. Picasso. Sie hatte ihn schön gefunden, den Inspektor, auf traurige Weise schön mit seinem dichten schwarzen Haar und seinen Künstlerhänden, die er gern auf seinen Schenkeln faltete.

»Was ist das?«, flüsterte jemand hinter ihr.

»Das ist eine Bronzestatuette der Aphrodite. Ihre Augen sind mit Silber eingelegt«, erwiderte sie seufzend.

Mein Gott, dachte Alice mit gesenktem Blick, um ihre Ungeduld zu verbergen. Warum interessieren sie sich immer für die Statuetten? Warum immer für kleine Gegenstände, Tabakdosen, Schmuck, Teller, Dosen? Agnès hatte da so ihre Theorie. »Sie werden von dem angezogen, was sie zu Hause haben könnten, auf Regalen, in Vitrinen. Das ist unkomplizierter Nippes, den sie fast besitzen könnten.« Alice fühlte sich mit einem Mal überfordert von diesen gutwilligen Kunstliebhabern, die dennoch nie die Innenausstattung ihres Lebens aus dem Blick verloren. Sie mochte sie, aber sie traute ihnen nicht. An diesem Abend wirkten sie erschöpft, manche traten gequält von einem Bein aufs andere, wie auf einem gefrorenen Boden, den Mantel zusammengelegt über dem Unterarm, ganz brav und artig. Ihr Pech, dachte Alice und gab ihnen den Rest:

»Die Bildhauerei ist eine Kunstform, die Gefangene des Raums ist. Das macht, denke ich, ihre Größe aus. Dieser begrenzte Raum ist ihr Gefängnis, er steckt ihre Grenzen ab und verleiht ihr eine verzweifelte Schönheit, die Sie sicherlich gespürt haben werden. Ich danke Ihnen.«

In der Rue de Rivoli atmete Alice tief durch. Sie liebte den Winter, den stechenden Geruch der kalten Luftverschmutzung, den sichtbaren Atem vor dem offenen Mund und die Handschuhe, die man herausholte, genau wie früher, wenn sie mit Clothilde, ihrer geliebten Schwester, von der Schule nach Hause ging. Sie blickte sich um: das pulsierende Leben, die Scheinwerfer der Autos, die Weihnachtsbeleuchtung, zwei amerikanische Touristen, die ganz verrückt nach dieser Stadt waren, wie sie in diesem Augenblick. Sie holte ihr Handy aus der Tasche.

»Charles, ich werde etwas später kommen, Chéri, ich muss mit Agnès noch Termine absprechen. Bis gleich.«

»War das Mama?«, rief Iris aus der Küche.

»Ja, sie geht zu Fuß nach Hause«, erwiderte Charles, der auf dem Sofa mühelos den Faden seines Mangas wieder aufnahm.

Alice lief, die Arme am Körper herabbaumelnd, lange und mit lebhaftem Schritt, wie sie es liebte. Sie spie Whisky, Haschisch und Kopfschmerzen in die eisige Dezemberluft. Als sie ihre Straße erreichte, sah sie Licht bei den Picassos. Die Treppe ihres Mietshauses roch nach Kirche. Sie berührte die Wand mit dem Zeigefinger und markierte ihren Weg mit einem imaginären Strich, eine alte Angewohnheit. Die Wohnung war beleuchtet wie ein Flughafen. Schmutzige Teller in der Spüle, klebrige Gläser auf dem Wohnzimmertisch, Alice liebte ihre Kinder diskret. Unter Erziehung verstand sie, sie leben zu lassen und sie dabei von fern zu überwachen und immer mehr in den Hintergrund zu treten, weil »die Zukunft ausschließlich ihnen gehört« und weil es die Bestimmung der Eltern war zu verschwinden. Vincent, der professionell Abwesende, hatte dagegen keineswegs die Absicht, im Hintergrund zu bleiben, »das fehlte noch«. Alice wusste, dass es mindestens tausend Arten gab, seine Kinder zu töten. Da sie selbst jung gestorben war, »musste sie es schließlich wissen«. Und daher hatte sie sich für eine wohlwollende Durchsichtigkeit entschieden.

Sie aß das Püree auf, das Charles, vermutete sie, übriggelassen hatte. Er aß niemals alles auf, als hätte er letztendlich und plötzlich Angst davor, sich vollzustopfen. Keine Spur von Iris, der sechzehnjährigen Unbekannten, die alles hinter sich auslöschte, trotz ihrer Jugend alt, schon Junggesellin, auf gelassene Weise blasiert und wohlüberlegt in ihren Bewegungen. Alice ging am Badezimmer vorbei, ohne stehen zu bleiben, die Spiegel begeisterten sie weniger als früher. Sie schlüpfte in einen Pyjama, den sie bereits mehrere Tage trug, denn da Vincent nicht da war, ließ sie ihre eigenen Gerüche reifen. Sie schlief fast sofort ein, das puterrote Gesicht von Catherine Hersch vor Augen, den Atem des Verrückten im Ohr und in Gedanken bei Charles, den sie unbedingt wiegen musste, er war so dünn.

»Mama, hast du die Nachrichten gesehen, die wir auf den Tisch gelegt haben?«, rief Charles von der Treppe aus, die Schultasche auf dem Rücken, schon weit weg.

»Clothilde anrufen. Dringend!«, stand auf einem Hotelblock aus Shanghai, Vincents Reisen hinterließen überall in der Wohnung ihre Spuren.

Alice griff zum Telefon und tippte auswendig die Nummer ihrer Schwester.

»Gestern Abend ging es ihr sehr schlecht, jetzt ist sie tot«, kam Clothilde ohne Vorwarnung gleich zur Sache. »Ich hab gerade die Leute vom Bestattungsinstitut da. Was meinst du, auf den Wievielten legen wir die Beerdigung?«

Clothilde war immer die Bestimmende gewesen. Als

Quasselstrippe war sie jedenfalls unschlagbar. Sie war knallhart, teilte ihre Sympathie wie einen Befehl aus und verbreitete eine direkte, geschlechtslose Herzlichkeit. Ein Segen für ihre kleine Schwester, die sich seit der frühen Kindheit für die sanfte Tour entschieden hatte.

»Hör zu, ich arrangier mich und mach mich auf den Weg. Vincent kehrt heute Abend oder morgen zurück«, sagte Alice versuchsweise.

»Er wird nachkommen.«

Wenn Clothilde diesen Ton anschlug, war keine Diskussion möglich.

»Hast du *ihm* Bescheid gesagt?«, fragte Alice.

»Nein. Noch nicht. Wenn du willst, kannst du das ja erledigen«, fügte Clothilde unmissverständlich zynisch hinzu.

»Nein, nein. Mach du es. Ich ruf so schnell ich kann wieder an.«

Alice beendete das Gespräch, um weiteren Befehlen zu entgehen. Sie saß allein auf dem Sofa mit dem neuen Gedanken, dass sie seit ein paar Stunden keine Mutter mehr hatte. Geduldig hörte sie in sich hinein und stellte fest, dass nichts kam, keine Tränen, kein Bedauern, lediglich eine leichte Müdigkeit. Sie schaltete den Fernseher ein, um die Leere zu füllen, und erwischte einen japanischen Zeichentrickfilm. Alice, die ihren Kindern immer nur halb zuhörte, erinnerte sich, dass Charles von mehreren Nachrichten gesprochen hatte. Sie suchte das Wohnzimmer danach ab und verbannte die Tatsache, dass ihre Mutter nicht mehr dort war, wo man sie untergebracht hatte – ein in einem Wald verstecktes Altersheim –, in eine Ecke ihres wohlgeordneten Geistes. Während ihre Eltern erst gemeinsam und dann getrennt ihr Unglück zur Schau gestellt hatten, war es Alice gelungen, ihr eigenes Leben zu retten, indem sie es mit der Präzision eines Bauarbeiters organisiert hatte. Undurchsichtige Zwischenwände und strenge Zeiteinteilung. Sie hatte Listen gemacht und im Traum klare Schnitte in dieser entschieden gefährlichen Welt vorgenommen. Die andere Nachricht, die bereits unter einem Stapel von Zeitungen verschwunden war, hatte Iris geschrieben, mit ihrer runden typischen Mädchenschrift: »Ich hab seinen Namen nicht verstanden, jedenfalls seid ihr mittags verabredet, am Springbrunnen von Beaubourg.«

Alice ging langsam in die Küche, wog das Für und Wider ab und machte Kaffee. »Was werde ich tun, wenn ich ihn demaskiert habe?«, fragte sie sich. Picasso musste begreifen, dass sie einerseits wollte, dass ihr Anonymus gefunden wurde, andererseits aber auch nicht. Sie aß genussvoll einen Löffel Erdbeermarmelade und schimpfte auf Iris, die sich immer alle Fruchtstücke herauspickte, obwohl sie sie ständig ermahnte, und griff zum Telefon.

»Hélène, ich weiß, es ist früh … Ist dein Mann da?«

Hélène brach in ein Gelächter voller unausgesprochener Andeutungen aus und sagte ohne jede Milde, seit dem Morgen zum Zerreißen gespannt:

»Du machst wohl Witze, er ist schon lange weg.« Manchmal sprach ihre Stimme in der Aufregung nicht richtig an, wie eine von einem Verrückten gespielte Flöte. »Yoga um fünfzehn Uhr?«, fügte sie hinzu.

»Ich weiß nicht, ob ich kommen kann. Meine Mutter ist gestorben.«

Eine Pause, die Alice vorgesehen hatte, unterbrach Hélènes Flöte.

»Das tut mir leid.«

»Lass gut sein. Meine Trauer hält sich in Grenzen.«

Eine zweite Pause trat ein, diesmal, um die Beleidigung der Mutter zu verdauen. Der Ruf ihrer Freundin, sanftmütig zu sein, wurde ein zweites Mal angekratzt nach der Geschichte mit der Fotografin. Hélène hüstelte, wurde wieder ernst – sie war eine Frau, die, »im Unterschied zu manch anderen«, keine Zeit verlor – und fügte hinzu:

»Du kannst Iris und Charles bei mir lassen, falls dir das hilft…«

»Vielleicht. Ich werde Vincent anrufen, ich weiß nicht, wann er zurückkommt.«

Die dritte Pause hatte mit Picasso zu tun. Für Alice war es mit einem Mal schwierig nachzuhaken, und für Hélène, ihr ihren Mann zu überlassen. Die kluge Alice ließ die Sache vorerst auf sich beruhen.

»Ich ruf dich wieder an«, sagte sie.

Sie erreichte Picasso im Kommissariat, mit Morgenstimme und zahlreichen Sorgen im Kopf. Er war bereit, einen Kaffee mit ihr zu trinken, »in einer Stunde unten«.

Alice dachte über ihr geheimnisvolles Rendezvous nach. Woher wusste der Unbekannte, dass sie den Springbrunnen von Beaubourg so liebte? Dass sie im Sommer oft ein Sandwich dort aß, inmitten der Touristen. Es lief ihr kalt den Rücken hinunter bei dem Gedanken, dass der Mann mit ihrer Tochter gesprochen hatte. Sie öffnete die Vorhänge, und die Sonne flutete herein. Sie dachte an ihre Mutter, die diesen Tag nicht mehr sehen würde, und verscheuchte den Gedanken mit Grace Slick, deren himmlische Stimme die Wohnung plötzlich erfüllte wie Wasser ein Glas bis zum Rand. Frisch, rein und verrückt.

Vincent rief ein paar Minuten später an und geriet inmitten eines infernalischen Rockgetöses an eine ziemlich schlecht gelaunte Alice, die durchblicken ließ, »genug gespielt, du kommst jetzt zurück«, die ihn nach einer Woche Hölle in Afrika oder anderswo mit einem »Ach! Du bist da?« empfing, das man ganz normal finden musste. Sie teilte ihm den Tod ihrer Mutter erst nach zwei oder drei nebensächlichen Informationen mit. Er schloss daraus, dass die Sache kompliziert sein würde und dass er seine Pakistan-Reise vergessen konnte. Die schlechte Laune wechselte sofort die Seite. Alice beendete das Gespräch nach einem »Ich fahr bald los, überleg dir was wegen der Kinder«, das sie nicht weiter auszuführen bereit war.

»Rekapitulieren wir«, sagte Picasso.

Alice betrachtete die große Hand des Inspektors, die seine Kaffeetasse umfasste, als wollte sie sich daran wärmen. Sie hatte Vincent niemals betrogen, dachte aber häufig an andere Männer. Sie erfand Geschichten, die ein paar Tage oder Wochen dauerten und einem immer gleichen klassischen und dialogreichen Szenario folgten. Und dann lösten ihre Liebhaber sich nach und nach auf, schwanden von selbst dahin. Alices Vorstellungskraft gab sie ohne Bedauern frei, und auf diese Weise verabschiedet, landeten sie in ihrer Vorhölle. Sie war überzeugt, dass alle Frauen dieses Doppelleben führten, aber sie hatte keinen eindeutigen Beweis dafür, darüber wurde niemals gesprochen.

»Sie haben mir nicht alles gesagt, nicht wahr? Ihr Auftreten bei Catherine Hersch – man muss schon ziemlich fertig sein, um so etwas zu tun. Das passt irgendwie nicht zu Ihnen. Sie meinten das doch nicht ernst, als Sie von einer Verpflichtung gegenüber dem anonymen Briefschreiber sprachen? Und warum eigentlich ein Mann?«

Alice verspannte sich und hatte eine Eingebung.

»Ich hatte keine Angst vor ihm, bis gestern.« Sie zögerte einen Augenblick und erzählte dann von dem Vorfall im Museum. »Mit einem Mal ist er real geworden, wie soll ich sagen? Ich werde von nun an gezwungen sein, ihn mir so vorzustellen, wie ich ihn gesehen habe.«

»Nämlich?«

»Groß, elegant, mager, in einem Tweedanzug. Etwas altmodisch, er könnte alt sein, aber er läuft schnell.« Sie lächelte. »Wissen Sie, es ist sehr angenehm, sich vorzustellen, dass man heimlich beobachtet wird. Man fängt an, auf seine Bewegungen zu achten, man sieht sich selbst beim

Leben zu, man fragt sich, ob das, was der andere sieht, wohl schön ist.«

Der Inspektor unterbrach sie, er wirkte etwas abgespannt.

»Vielleicht haben Sie es ja mit einem Verrückten zu tun. Und ich denke nicht, dass Catherine Hersch Ihr Eindringen in ihre Wohnung besonders ästhetisch gefunden hat. Erzählen Sie mir die ganze Geschichte von Anfang an.«

Alice war enttäuscht. Ihre Maßstäbe duldeten nicht, dass man seine Erfahrung über die Ideen stellte, und so war Picassos mangelnder Scharfsinn offensichtlich.

»Also. Vor einem Jahr bin ich in der Zeitung auf eine Kleinanzeige gestoßen. Sie erregte meine Aufmerksamkeit, weil sie mit meinem Lieblingsgedicht begann.« Alice seufzte, blickte nach draußen, um sich zu erinnern, und rezitierte:

Time present and time past
Are both perhaps present in time future,
And time future contained in time past.

Picasso blickte sich verstohlen um, peinlich berührt, möglicherweise mit einer arbeitslosen deklamierenden Schauspielerin gesehen zu werden. Alice lächelte, zufrieden, ihn auf ihr Terrain zurückgeführt zu haben. Mal eine Abwechslung, sagte sie sich, zu den ständigen Diebstählen.

»Das ist mein Lieblingsgedicht seit meiner Jugend. Ich kann es auswendig. Und man glaubt doch immer, dass die

Anzeigen in den Zeitungen an einen selbst gerichtet sind, nicht wahr? Unter dem Gedicht schlug jemand ein Treffen im Musée Guimet vor einem japanischen Paravent vor. Ich bin hingegangen.« Alice erzählte, dass außer ihr noch zwei andere gekommen waren. »Eine etwa fünfzigjährige Frau, etwas dicklich und außer Atem, und eine junge Frau, die dicht an der Wand entlangging und uns verstohlen beobachtete. Wir drei sind ein paar Augenblicke umeinander herumgeschlichen und haben so getan, als interessierten wir uns für den Paravent, bis wir schließlich miteinander gesprochen haben.«

»Wie hießen sie?«, fragte Picasso.

Alice überlegte und suchte nach Erleuchtung jenseits der Fensterscheibe.

»Die dicke Dame hieß Miss Smith, glaube ich. Davidstern, Liberty-Bluse, leichte Kir-Fahne und männlicher Händedruck. Sie war Engländerin und Professorin für Literatur an der Universität von Caen. Die andere sah aus wie eine Lauchstange«, sagte sie lachend, »weißlich, faserig, eine Beleidigung für die Augen. Ihren Namen habe ich vergessen.«

Sie hatten ein paar Höflichkeiten über Eliot, den Dichter, ausgetauscht und sich auf der Treppe der Metrostation Iéna getrennt – die Lauchstange mit dem Gefühl, reingelegt worden zu sein, die Engländerin amüsiert und Alice überzeugt, dass der Typ beim Anblick des teuflischen Trios das Weite gesucht hatte.

Sie reckte sich in ihrem schwarzen Seidenpullover.

Picasso erstarrte, sobald sie sich bewegte, vermutlich aus Angst, von einer magischen Ausstrahlung besudelt zu werden.

»Tja, und dann die Geschichte mit dem Mondstein, einem wunderschönen Ring, der war mir bei einem Antiquitätenhändler in der Rue des Écouffes aufgefallen. Eines Tages bin ich in den Laden gegangen, um nach dem Preis zu fragen, und etwas später am selben Tag hab ich ihn in meiner Tasche gefunden. Eine völlig verrückte Sache. Ich dachte schon, ich wäre zur Kleptomanin oder so geworden.«

Picasso hatte ein orangefarbenes Notizbuch mit kartoniertem Einband, wie Polizisten es verwenden, herausgeholt. Seine winzige Schrift war spitz und unleserlich. Alice dachte, dass sie Mühe haben würde, seine Liebesbriefe zu entziffern.

»Noch etwas?«

»Ja, wir verbrachten diesen Sommer die Ferien bei meiner Schwester in Le Pouliguen. Am Strand kam ein Junge zu mir, um mir zu sagen, dass ein Mann in der Bar auf mich warten würde. Der Bengel verschwand lachend. Es war Mittagessenszeit, und es waren viele Leute da. Es fiel mir schwer, mir den Bewunderer von Eliot in der Bar du Nau vorzustellen, aber warum nicht? Ich hab mir ein Eis gekauft und eine Weile gewartet, aber nichts geschah, es war kein einzelner Mann da, also bin ich wieder gegangen.«

Picasso seufzte und blickte Alice in die Augen, als

zweifle er plötzlich an dieser schwarz gekleideten Blondine, die Lippenstift aufgetragen hatte, bevor sie zu ihm gekommen war. Sie erzählte ihm von ihrer Verabredung am Springbrunnen von Beaubourg, traute sich aber nicht hinzuzufügen, dass ihre Mutter gestorben war und dass sie schnellstens zu ihrer Schwester fahren musste, deren Wutschreie sie sogar aus der Entfernung hörte.

»Ich begleite Sie«, sagte der Inspektor und zahlte beim Kellner.

Die Sonne hatte ebenso viel Gewalt wie die heftigen Kälteeinbrüche, schneidend, metallisch und blendend. Auf dem Todessitz in Picassos Wagen spürte Alice eine kurze, kompakte Hitze, die von seinem Männerkörper ausstrahlte. Ein Geruch nach kaltem Tabak mischte sich in den Winter. Der Inspektor fuhr ruhig, geschmeidig die Spuren wechselnd. Alice merkte, dass sie einzuschlafen drohte, als ihr Handy in ihrer Tasche läutete. Es war Vincent. Sie entschieden, pragmatisch vorzugehen: Sie würde vorausfahren, um die Beerdigung ihrer Mutter vorzubereiten, er würde morgen mit den Kindern nachkommen. Ja, er würde in der Schule Bescheid sagen. »Schon gut, schon gut«, beendete sie das Gespräch.

Verkrampft, ungläubig und stumm wog Picasso die Seltsamkeit dieser Frau ab, die auf der Suche nach irgendeinem Phantom durch Paris lief, obwohl gerade ihre Mutter gestorben war. Und Alice schwebte in einem göttlichen *no man's land* zwischen ihrer toten Mutter, Clothilde, mit der sie sich auseinandersetzen musste, und dem Unbekannten, der ihr im Augenblick eher lästig war, als dass er sie inspirierte.

»Sie haben Ihre Mutter verloren?«, fragte Picasso auf dem Boulevard du Temple.

»Ich habe sie schon vor einer ganzen Weile verloren. Dreißig Jahre Alkoholismus, mehr brauche ich wohl nicht zu sagen. Bei Ihrem Beruf werden Sie wissen, was das bedeutet.«

»Ja.«

Sie schwiegen bis Beaubourg.

»Lassen Sie mich da raus«, bat Alice, die Hand bereits auf dem Türgriff.

Picasso sah ihr zu, wie sie die Straße an der Ampel überquerte, den Kopf gegen die Kälte gesenkt, gegen das, was sie erwartete und was sie um nichts auf der Welt verpassen wollte. Er durfte seinen Wagen überall parken. Er fand Alice auf dem Platz wieder, reglos vor dem Springbrunnen, als würde sie den Ort in sich aufnehmen. An eine Ziegelmauer gelehnt rief er Coignard an, während er mit den Augen das Treiben auf der Straße verfolgte.

»Coignard? Vor etwa einem Jahr. Ein Gedicht auf Englisch und ein Rendezvous im Musée Guimet. Notieren Sie, Coignard. Und auch den Antiquitätenhändler in der Rue des Écouffes. Der Diebstahl eines Rings, vor sechs Monaten, ein Mondstein. Und gehen Sie zu der Bäckerin wegen des Eisblocks. Bis nachher.«

Eine dichte Dunstwolke kam drüben aus dem Mund

von Alice, die von einem Bein aufs andere hüpfte. Durch die Kälte schmerzten seine Finger, als hätte er Rheuma, und Picasso steckte die Hände tief in die Manteltaschen, während er an seinen Stellvertreter dachte. Coignards Gesicht erschien ihm riesenhaft vergrößert auf der grauen Fassade der Kirche Saint-Merri, auf der anderen Seite des Platzes. Seit zehn Jahren nahm er sich jetzt schon dieses gebrochenen Mannes an, der sehr unschön, *manu militari*, von einer wunderschönen Frau verlassen worden war, inklusive Koffern auf der Straße und komplettem Scheidungsdrama. Seitdem irrte der Inspektor als übelriechender Asket mit offenem Mund vom Montag zum Sonntag, verborgen hinter nackter Verzweiflung. Gleichgültig gegenüber den Glücksmomenten des Tages, Flachbildfernseher, Spezialeffekte, Piercings und Fernsehquizshows ignorierend, blieb sein Unglück unerklärlich, ein immer gleiches Krebsgeschwür. Coignard, der Finstere, mit dem schönen Gesicht eines Husaren, kantigem Kiefer, blauem Kinn und undurchdringlichem Blick, lebte gespannt wie ein Gummiband, weiß an den bis zum Äußersten gespannten Stellen, zwischen Tränen und Massaker. Picasso hatte sich mit ihm für ein Mindestmaß an Männlichkeit entschieden, das den anderen, wie es schien, vorübergehend am Leben erhielt.

Der Platz, ein schönes Rechteck, lag fast menschenleer unter einer strahlenden, bereits hoch stehenden Sonne. Im Becken drehten sich die bunten Stars von Niki de Saint Phalle für niemanden und spien ihre traurigen, schlaffen Wasserstrahlen ohne Kamera und ohne Kinderlachen in die Luft. Die Fassade der Kirche, von mittelalterlicher Schmutzigkeit, warf einen abscheulichen katholischen Schatten auf die dicken Schläferinnen in ihren gestreiften Badeanzügen. Picasso verlagerte sein Gewicht aufs andere Bein, um seinen Rücken zu entlasten, dieser verdammte Bandscheibenvorfall. Alice sah, wie der Inspektor seine Position veränderte, und fragte sich, ob es ein Code sein könnte. Dann setzte sie sich auf die Steinstufen, gegenüber einer dicken nervenden Frau aus Pappmaché, die glaubte, es sei Sommer, und Wasser aus ihrer rechten Brust pisste. Neben ihr schossen zwei Italiener Fotos. Alice dachte wieder einmal bei sich, dass die Frauen stets schöner sind als die Männer, ob in Italien oder anderswo. Die Tauben flogen im Sturzflug dicht über das Wasser. Alice blickte auf ihre Uhr. Der Mann war bereits zehn Minuten über der verabredeten Zeit. Sie war verärgert aus Mitleid mit Picasso, so wie einem ein Freund leidtut, den man zu einer enttäuschenden Vorstellung mitgenommen hat. Zwei Typen gingen über den Platz, gefolgt von einem finsteren Penner, der zu imaginären Gespenstern sprach. In seine Lumpen gehüllt, blieb der alte gebeugte König vor einem fleischigen speienden Mund stehen, der sich artig um sich selbst drehte, beschimpfte ihn in einer Sprache, die nur er verstand, und spuckte dann seinerseits ins Becken. Alice und Picasso blickten sich von weitem an. Er rührte sich nicht, wohl eine Gewohnheit des Beschattenden, sagte sie sich. Aus Stolz vielleicht, um sich zu entschuldigen, dass die Vorstellung so lange auf sich warten ließ, stand sie auf und ging um das Becken herum, in der Hoffnung, den Blick des Inspektors zu beschäftigen. Mit jedem Schritt wurde ihre Wut auf »den anderen«, der nicht kam, den schlecht erzogenen Gast, auf den alle warteten, größer. Sie blickte in sämtliche Richtungen, rief den Mann aus dem Museum, die Stimme im Kino mit den Augen, erteilte ihm den stummen Befehl zu erscheinen, wenigstens für diesen gewissenhaften Bullen, der Angst um sie hatte.

Aus der Straße, die an der Kirche vorbeiführte, kam laut kreischend ein Schwarm Kinder, eingerahmt von zwei oder drei Erwachsenen, emsigen Wachhunden. Picasso straffte sich, trotz des eisigen Schraubstocks um seinen Rücken, denn da vorn tat sich was. Alices zarte dunkle Gestalt blieb abrupt vor einer großen blauen Melone aus Pappmaché stehen. Der Inspektor sah aus der Ferne, dass sie erstarrte, die Fäuste neben dem Körper geballt, die Füße geschlossen, wie hypnotisiert. Ein paar Kinder blieben stehen, um Alice zu betrachten, wodurch sie die Reihen stocken ließen und den mühsamen Marsch der Gruppe blockierten. Sie sahen ebenso wie Picasso, dass die blonde Frau ihre roten Schuhe auszog und auf die Metallbank stellte, die um den Springbrunnen herumführte. Alle erwarteten, dass sie nun ins Becken stieg, was sie, logischerweise, auch tat. Einige der Kinder zeigten mit dem Finger auf sie und schrien vor Überraschung, während die Lehrerinnen ohnmächtig die Zerstörung der Menschenkette mitansehen mussten, die sie so geduldig aufrechterhalten hatten.

Das eiskalte Wasser umschloss Alices Knöchel wie die Faust eines Ungeheuers. Von dem Schmerz wurde ihr übel, und der Lärm der Kinder erschreckte sie. Vorsichtig lief sie über den glitschigen und schmierigen Boden des Beckens und nahm aus der Krempe des blauen Hutes einer Figur etwas, das von weitem einem Buch ähnelte. Die Kinder applaudierten wie im Zirkus dem Zauberer oder dem Glückspilz, der beim Topfschlagen endlich erfolgreich ist. Sie kehrte um und stieg vorsichtig über den Rand, ohne auf die Kinder und das italienische Paar zu achten, das sie schweigend filmte. Der untere Teil ihrer Hose troff von eiskaltem Wasser. Picasso war neben ihr.

»Ich habe Sie um nichts gebeten«, knurrte sie mit gesenktem Kopf. Hinter ihren Locken verborgen band sie wütend ihre Schuhe zu.

»Gehen wir«, sagte Picasso.

Das klang wie ein Befehl, und Alice folgte dem Inspektor. Sie gingen schweigend am Centre Pompidou vorbei, als Alice einen ehemaligen Kollegen auf sie zukommen sah, den sie nicht mehr gesehen hatte, seit er vom Louvre nach Beaubourg gewechselt war. Sie winkte ihm aus der Entfernung zu.

»Ein Kollege«, brummte sie.

Picasso sah daraufhin, wie das Lächeln des Mannes sich zu einer verlegenen Grimasse verzog und plötzlich erlosch, bevor er umkehrte, als hätte er sich in der Person geirrt.

»Was ist los mit ihm?«, fragte Alice, deren klatschnasse

Hosenbeine an ihren Waden klebten, um diesem Tag, der so schlecht begonnen hatte, einen Sinn zu geben.

Im Wagen streckte der Inspektor, ohne seine Mitfahrerin anzuschauen, die Hand aus.

»Darf ich sehen?«

Sie gab ihm, was offenbar ein Paris-Führer auf Englisch war. Er blätterte darin, steckte ihn ein und fuhr schweigend los. Vor Alices Haus fragte er sie nach ihrer Adresse in der Provinz. Alice war mit einem Mal beunruhigt wegen seiner Anwesenheit in ihrem Revier.

»Es ist nichts drin«, sagte sie und deutete auf den Reiseführer.

»Jemand hat Ihre Adresse auf dem Stadtplan mit einem roten Kreuz markiert.«

Alice zitterte von den nassen Füßen bis zum Kopf.

»Die Beerdigung ist übermorgen«, sagte sie.

»Stört es Sie, wenn ich komme?«

»Ich fürchte, Sie werden sich langweilen.«

Der Inspektor lächelte und musste sich, in einem heftigen plötzlichen Glücksgefühl, stark zusammennehmen, um sie nicht zu umarmen. Den Blick auf die Straße gerichtet, saßen sie brav nebeneinander wie Kinder im Feuerwehrwagen des Karussells, die, ihre Hände am Lenker, darauf warteten, dass es sich in Bewegung setzte,

»Mit Beerdigungen hab ich's nicht so«, sagte Alice.

»Das geht wohl jedem so«, ergänzte Picasso und wischte den Beschlag von der Windschutzscheibe.

»Ja, aber ich bin unmittelbar betroffen.«

Seltsamerweise dachte der Inspektor an seine Heirat. Er atmete tief ein, rutschte von einer Pobacke auf die andere und betätigte die Scheibenwaschanlage, denn er musste sich plötzlich beschäftigen.

»Sie werden sehen, das geht schnell vorbei«, sagte er, während er mit seinem Wischlappen weite Kreise auf der Scheibe beschrieb.

»Sind Ihre Eltern tot?«, fragte Alice.

»Ja. Beide.«

»Haben Sie sie geliebt?«

Picasso spürte, wie seine Lendenwirbel durch den Schock gestaucht wurden. Er steckte den Lappen in die Wagentür und legte die Hände auf seine Schenkel.

»Sie haben mich spät bekommen. Ich bin ein Einzelkind. Hélène sagt, ich hätte großes Glück gehabt, ich hätte die Eifersucht nicht kennengelernt. Das stimmt vielleicht, aber ich habe mich sehr gelangweilt. Alte Eltern sind nicht besonders gesprächig. Wie alt war Ihre Mutter?«

»Ich weiß nicht genau. So um die fünfundsechzig.« Alice sah Picasso an, ein wenig verlegen, weil sie sich nicht an das Alter ihrer Mutter erinnerte. Er hielt ihre Unwissenheit für eine Pose, für Koketterie. Ein Missverständnis zwischen ihnen, das erste. »Hören Sie, meine Strümpfe sind klitschnass, ich friere.«

Sie gab ihm die Adresse ihrer Schwester und machte sich in aller Eile aus dem Staub. Picasso blieb noch einen Augenblick wartend hinter dem Steuer sitzen. Am Ende der Straße konnte er die Fenster seiner Wohnung sehen.

Der blumengeschmückte Balkon im dritten Stock des frisch gestrichenen Mietshauses erzählte ihm von Vergessen, von Schlaf in einem sehr warmen Bett und von heimlichen Gesprächen im Flüsterton zwischen Hélène und Juliette, seinen beiden Frauen, hinter der geschlossenen Badezimmertür.

Als er ins Kommissariat zurückkam, fand Coignard ihn zerknittert, in sich verschlossen, blass. Er stellte die Heizung höher und informierte ihn über die letzten Anrufe.

»Die Bäckerin erinnert sich. Alice Conque ist mit blutendem Kopf in ihren Laden gekommen. Die Feuerwehr rückte an, Kaserne Sévigné, drei Stiche im Saint-Antoine. Die Bäckerin kennt die Familie gut. Wohlerzogene Kinder. Sie kaufen immer das Gleiche. Das wäre alles.«

Coignard setzte sich wieder an seinen Schreibtisch, der schräg hinten im Raum stand, und nahm seine Ausdünstungen und sein Elend mit. Picasso fand seine Fische und sein blaues Leuchten wieder und vertiefte sich in seine Akten. Ermittlungen, die er nicht mochte, die sich hinzogen. Eine unerfreuliche Geschichte mit illegalen Einwanderern, auch Kinder waren involviert, ein junges Mädchen aus dem Viertel, das ständig von zu Hause weglief, ein Einbruch in eine koschere Metzgerei. Nach einer Weile bemerkte er, dass die Büros dekoriert worden waren. Goldene Girlanden waren mit Reißzwecken im Zickzack um die Türen gelegt worden, jemand hatte eine Plastiktanne aufgestellt und mit grünen und roten Kugeln geschmückt, auf dem eisernen Aktenschrank. Picasso ging in die Kälte hinaus, um nicht zwischen dem glänzenden Staub der sich überlagernden Weihnachtsfeste, der verstreichenden Jahre und Hélène zu ersticken, die wieder einmal kein Geschenk würde haben wollen, »ich hab alles, was ich brauche«, von wegen.

3

In ihrem Zweite-Klasse-Abteil betrachtete Alice die schlafenden Leute. Offener Mund, Kopfhörer voll aufgedreht – dem da wird, wirklich clever, »der Kopf platzen«, wenn er ankommt. Und die Globalisierungsgegnerin mit ihren Rastalocken, eingeklemmt zwischen Fensterscheibe und Rückenlehne, wird mit einem verdammt steifen Hals aufwachen. Und die dahinten mit der Nase im Lüftungsschlitz… Ihre Nachbarin war eine junge braunhaarige Frau, in ein eng anliegendes T-Shirt gezwängt, nach dem Motto: »Ich bin dick, und ihr könnt mich alle mal«, sie füllte mit breiter runder Schrift die Kästchen eines Kreuzworträtsels des Schwierigkeitsgrades 1 aus. Blütenstaub: Pollen. Römische Sechs: VI. Folgt genauem Zitat: sic. Marschall: Niel. Wertloses Zeug: Ramsch. Maßeinheit im alten Peking: Li. Dann kam sie nicht mehr recht voran und schickte einen tiefen Seufzer in Richtung Alice. Nachdem diese die Botschaft verstanden hatte, tauchte sie in die Beauce ein, »eine Landschaft russischer als Russland, nicht zu glauben«, öde und eisig, trüber Himmel, Unglücksraben und Felder, kahl wie das Fell von Schindmären. Alice liebte den Zug, der sie als Kind immer in die Normadie gebracht hatte, zu Tante Figue, oder nach La Baule zu

Onkel Henri, und auch den Corail, den sie anfangs an den Wochenenden genommen hatte, um nach Hause zu fahren, als Paris noch die feindselige Großstadt gewesen war, die sie krank machte. Sie hatte viel vor sich hin geträumt in den verräucherten Wagen, während die in Nebel gehüllte Loire und unzulänglich hinter ihren Paravents aus hundertjährigen Eichen verborgene Landsitze an ihr vorbeizogen. Immer glücklich, in Bewegung zu sein, hinzufahren, wohin sie wollte. Danach waren Vincent, Iris, Charles in ihr Leben getreten.

Das dicke Mädchen schlief ein, die Finger, die durch keltische Ringe noch mehr wie Wurstfinger wirkten, über ihrem fast jungfräulichen Kreuzworträtsel verschränkt. Alice holte aus ihrer Tasche eine Kunstzeitschrift mit einem Post-it auf der Seite des *Satyr* von Mazara del Vallo. Sie hatte sich vorgenommen zu begreifen, warum diese Skulptur ihre eigentlich doch so starke Widerstandskraft gegen die verrücktesten Schönheiten ins Wanken brachte. Die Sache hatte sich folgendermaßen zugetragen: Vor ein paar Wochen hatte Alice während eines Rundgangs durch eine Sonderausstellung im Louvre in einem extra abgedunkelten Raum auf einem quadratischen Sockel, schlicht inszeniert in seiner Maßlosigkeit, die Statue eines Satyrs entdeckt, die wie ein Erdstoß ihre Gewissheiten über Schönheit erschüttert hatte. An dem Abend hatte sie die anderen Führer ohne sie den Rest der Ausstellung entdecken lassen, auf einem Plastikstuhl sitzend, allein in der Stille eines geschlossenen Museums, vergessen, dass sie einen Körper hatte, und sich in die Gefahr verliebt. Clothildes »Alice der Angsthase«, Vincents „Alice im Wunderland», die sanfte Alice, die alles beunruhigte, hatte mit weit aufgerissenen Augen auf das gestarrt, was sie seit kurzem im Begriff war zu entdecken: den versunkenen Teil ihrer persönlichen Hölle, dort, in dem Hüftschwung der türkisfarbenen Bronzestatue mit den Alabasteraugen, gerettet aus der Tiefe des Meeres und der Zeiten. Für immer eingefroren in ihrer aufreizenden Ekstase, ihrer zerstörerischen Noblesse, eifersüchtig auf die Lust dieses lächelnden und stolzen Onanisten, das hartnäckige Wunder, das seine Brust dem Wind entgegenstreckt, hatte die Bugfigur Alice eine schweflige Ekstase geschenkt, die sie jetzt, zwei Monate später, in einem Zug in die Provinz, noch immer erschauern ließ. Stärker als sonst, war dieses Gefühl dennoch nicht neu für sie, denn in ihrem Umgang mit der Kunst als Wachtraum vermischte sie alles und konnte, ob im eiskalten Wasser eines Beckens oder bei der Hersch, in diesem Spiel die beste Schülerin des Teufels werden.

Das dicke Mädchen stieg in Le Mans mit ihrem Kreuzworträtsel und ihrem Geruch nach künstlicher Vanille aus. Alice streckte für den Rest der Fahrt die Beine auf dem leeren Sitz aus. Sie las erneut einige Passagen aus den *Illusions perdues*, für eine bevorstehende Hausaufgabe von Iris. Diese wiederum würde sie wie üblich für die halbe Klasse machen, die offenbar ihre Prosa »adaptierte«, »mach dir keine Sorgen, Mama«. Verändert man sich?, fragte sie sich, als ihr Handy klingelte.

»Ich bin's, Charles!«, brüllte Charles.

»Schrei nicht so, ich hör dich«, flüsterte Alice, die Hand muschelförmig über dem Mund.

»Papa hat eine Nachricht hinterlassen, er kommt nachher. Alles in Ordnung, Mama?«

Charles hatte die Festigkeit eines nassen Schwamms, wenn es um die Stimmungen seiner Eltern ging. Ein falsches Wort deprimierte ihn, und ein Streit hatte die Wirkung eines Schlafmittels auf diesen blonden Jungen, ihren Liebling.

»Alles bestens«, erwiderte Alice, denn der ganze ach so gleichgültige Wagen sollte nicht mitbekommen, dass ihre Mutter gestorben war. »Deine Matheaufgabe?«

»Ein Kinderspiel. Und wir haben nichts auf für nach den Ferien.«

Sie verbrachten ein paar Minuten damit, virtuos mit großem Taktgefühl und einer Kunst des Ausweichens, in der beide gleichsam glänzender Lehrer und begabter Schüler waren, um den heißen Brei herumzureden. Zwischen Alice und Charles hatte das Nicht-Ausgesprochene den Status einer Sprache. Sie fürchteten Dunkelheit, Krisen und auch Zärtlichkeiten und zogen leichte Berührungen, verstohlene Blicke und Lächeln jeder Offenheit vor. Dann beendete Alice das Gespräch und dachte entsetzt, dass man sich möglicherweise doch verändern und eines Tages dem begegnen würde, was man hätte sein können, einfach angesichts dessen, was man gewesen war.

Auf dem Bahnsteig spürte sie am milchigen Geruch

und am Duft der Luft, dass sie nach Hause zurückgekehrt war, und natürlich an ihrer großen blonden Schwester im grünen Mantel, zerzaust wie eine Seerose, die ihr von der anderen Seites des Gleises aus zuwinkte.

Alice war klein, und Clothilde war groß. Von ihrem Vater hatte sie die raue Stimme und das Bohnenstangenhafte geerbt, das ihr mit zunehmendem Alter diese für schlanke Menschen typische Eleganz verlieh, Clothilde-Don-Quijote auf dem dürren Pferd, die Alice staunend liebte.

Clothilde manipulierte die altersschwache Heizung ihres Alfa Romeo aus dem 20. Jahrhundert, indem sie auf das Armaturenbrett schlug, ließ den Motor aufheulen und verließ wie ein geölter Blitz die Stadt, wilder denn je.

»Und?«, fragte Alice, vor Kälte zitternd.

»Tante Figue kommt morgen Nachmittag. Henri, keine Ahnung, *no news*. Die Leute vom Konservatorium sind verständigt, im *Courrier de l'Ouest* wird morgen eine Todesanzeige erscheinen. Das wär's.«

»Und wo ist sie jetzt?«, fragte Alice.

Clothilde sah ihre Schwester mit einem sonderbaren Lächeln an.

»Sie liegt in der Aufbahrungshalle des Krankenhauses.« Sie zögerte. »Ich hätte mir den Tod niemals so vorgestellt.«

Alice war in Panik. Ihre Schwester biss die Zähne zusammen und schien, das Gaspedal bis zum Anschlag durchgedrückt, den Blick nach innen gerichtet, ganz vergessen zu haben, dass sie ein Auto lenkte.

»Was willst du damit sagen?«

»Ich will sagen, der Tod ist ein Ritus wie eine Heirat oder eine Kommunion. Aber hier gibt es obendrein noch Typen im schwarzen Anzug, die Hände über den Eiern gefaltet wie Leibwächter, die dir sagen, was du tun musst, wie du dich verhalten musst, in welchen Raum man deinen Toten geschafft hat, um welche Zeit die Beerdigung stattfindet und welche Satinfarbe am besten zu seinem Teint passt. Man frisiert ihn, man kleidet ihn an, man nennt dir die Besuchszeiten für diejenigen«, Clothilde blickte zum Himmel, »die ihm die letzte Ehre erweisen wollen. Alles wird für dich erledigt. Na ja, in gewisser Weise umso besser, das erspart dir Arbeit.«

Vom vierten schaltete Clothilde direkt in den zweiten Gang, am Horizont stand die Ampel auf Rot. Sie brachte ein Getriebe nach dem anderen zur Strecke, und diese Verachtung für das Geregelte, selbst wenn es um Autos ging, war sprichwörtlich in der Familie. Sie fuhr fort:

»Die Beerdigung ist übermorgen um drei.«

»Und was machen wir morgen?«, fragte Alice in Erwartung weiterer Befehle.

»Morgen empfangen wir alle bei uns.«

»Kommen die Cousins aus Laval?«

»Ja. Aber die brauche ich nicht unterzubringen.« Sie sah ihre Schwester mit leuchtenden Augen an: »Das Wohnmobil!«

Sie brachen in Gelächter aus. Verfestigt durch die Zeit, rotes Wachs, getrocknet von Jahren der Kindheit, in denen sie ihrem Vater hinterherspioniert und die Fahne ihrer Mutter in der Nase gehabt hatten, war das Siegel, das die beiden Schwestern verband, intakt. Alice schloss die Augen. Clothilde konnte sie gegen einen Baum lenken, sie vertraute ihr, das wäre sicher eine tolle Idee, wie vor zwanzig Jahren, als sie im orangefarbenen Familien-Ami-8 von der Disco nach Hause gefahren waren. Mit ihrer zerlaufenen Schminke wie eine Verrückte aussehend, fuhr Clothilde mit offenen Fenstern, die Scheibenwischer knirschten auf der vereisten Windschutzscheibe. Als neurotische Hommage für ihre Mutter gluckten sie, dass es »einen Gott für die Säufer« gebe, und jedes Wochenende entkamen sie dem drohenden furchtbaren Tod durch Ertrinken in einer dunkelblauen Loire. Schon damals hatte Alice die Augen geschlossen. Zu zweit sterben ist kein Sterben, dachte sie.

Sie wollte ihr von dem Unbekannten erzählen, überlegte es sich dann aber anders. Dieser Augenblick sollte ganz dem reinen Glück in dem roten Alfa gehören, der auf den Brücken alles überholte und sich irgendwann vielleicht in die Lüfte erheben würde wie das Zauberauto ihrer Kindheit aus dem englischen Buch von Tante Figue, dessen Bandwurmnamen sie vergessen hatte.

Clothildes Haus war das Haus der Familie geworden, das richtige, nach dem Verkauf des anderen, in dem sie aufgewachsen waren, nur ein paar Straßen entfernt, und das sie zu einem Schleuderpreis quasi verschenkt hatten, um sich von der Vergangenheit, von den Nachbarn, die alles wussten, und von ihrer Mutter, »untergebracht in einem Heim«, zu befreien. Immer wenn sie an seiner weißen Fassade vorbeifuhren, wandten die beiden Schwestern den Blick ab oder hatten sich plötzlich wichtige Dinge zu sagen, die höchste Aufmerksamkeit verlangten. Ein einziges Mal hatte genügt, um festzustellen, dass die Fenster vergrößert worden waren, dass die Remise wahrscheinlich verschwunden war, da das Stückchen Dach, das man früher von der Rue des Quais aus sehen konnte, nun fehlte. Die Betonwürfel, die auf beiden Seiten des Portals aufgetürmt gewesen waren, hatte man entfernt und auf die Fensterscheiben des Zimmers von Alice mit einer Schablone Sterne gemalt. Ein Kinderzimmer, das mit Sicherheit fröhlicher war als ihres. Von dem vernachlässigten Haus, das sie gekannt hatten, war nichts mehr übrig. Das war gut so und zugleich traurig.

Clothilde hatte zwei »sehr nette« Söhne, junge Burschen, die ebenso riesig waren wie ihre Eltern, die sich an den Möbeln stießen, geschlagen mit ihren zu langen Körpern. Ihre umherschweifenden Augen hefteten sich auf nichts und niemanden. Sie empfingen Alice auf der Türschwelle und nahmen, hilfsbereit wie Pagen, ihre Reisetasche. Sie erkannte in ihren noch unfertigen Gesichtern das gleiche leichte Lächeln, das sie auch bei ihrer Tochter bemerkte und bei den Jugendlichen, die hinter ihr herzuckelten. Ein leicht spöttisches Lächeln, das Bände sprach hinsichtlich ihrer Geduld und ihrer Absichten. *Die Jugendlichen machen gute Miene zu dem Gefühl der*

Schmach, das wir in ihnen wecken, zu unserem morgendlichen Mundgeruch und zu unseren Kleidern vom letzten Jahr. Sie sehen uns zu, wie wir ertrinken, wir, lebenslange Eindringlinge in einer Welt, die sie in Gedanken bereits nach ihrem Geschmack neu eingerichtet haben, hatte sie an Tante Figue geschrieben, die lediglich wissen wollte, was Iris und Charles sich zu Weihnachten wünschten.

Im Wohnzimmer erhob sich Pierre vom Sofa, um sie zu umarmen. Alice hatte den Eindruck, bis zu den Knien in den Boden eingesunken zu sein, so sehr vermittelten die vier ihr das Gefühl, eine Zwergin zu sein. Man schob sie in das Esszimmer, wo der Tisch gedeckt war. Zwischen ihren beiden Neffen sitzend, beantwortete sie Fragen nach den »Pariser Cousins« und Vincents Reisen. Der Stimmbruch der Jungs, Pierres sanfte und tiefe Stimme, Clothildes Lachen aus jedem noch so nichtigen Anlass wärmten sie wie ein Kaminfeuer, eine Überdosis Zucker. Die Aufmerksamkeit flutete, mal anschwellend, mal abebbend, zwischen den Neuigkeiten aus Paris und den lokalen Geschichten hin und her. Doch Clothilde spürte undeutlich, dass irgendetwas nicht stimmte. Schon im Wagen hatte Alice zwei- oder dreimal den Mund geöffnet, um etwas zu sagen, das sie dann schließlich wieder hinuntergeschluckt hatte.

»Sie verhält sich seltsam, findest du nicht?«, fragte sie Pierre, der die Teller in die Küche brachte.

Er blickte Clothilde, die es meisterhaft verstand vorauszusehen, dass alles schieflaufen würde, während alles bestens war, kühl an.

»Eure Mutter ist gestern gestorben«, erwiderte er und verließ den Raum mit dem Brot und der Käseplatte.

»Ich habe das Gefühl, dass sie nicht mehr sanft ist«, flüsterte sie Pierre ins Ohr, als sie ihm erneut im Flur begegnete. Sie folgte ihm zur Geschirrspülmaschine. »Was meinst du?«

Diesmal kam Pierre nicht so einfach davon. Wenn Clothilde sich etwas in den Kopf gesetzt hatte, dann blieb einem nichts anderes übrig, man musste ihr antworten.

»Vielleicht hat sie endlich beschlossen, ihr Schweigen aufzugeben.«

»Welches Schweigen?«, fragte Clothilde überrascht.

»Na ja, dieses Schweigen, das alle immer von ihr erwartet haben. Als sie Kind war, und später, als sie geheiratet hat.«

»Was?« Natürlich wusste Clothilde, dass ihre Schwester schwieg und stattdessen mehr oder weniger freiwillig die Unersättlichen, die Nervösen und die Diebe sprechen ließ. Alice, immer im Schlepptau einer Schwester, eines Ehemannes, eines Kindes oder eines Vaters. »Versuchst du mir Schuldgefühle einzureden?«, fragte sie und schleuderte ihre Löwenmähne nach hinten.

»Nein. Dafür brauchst du mich nicht.«

Wie immer suchte Clothilde in Pierre einen nachsichtigen Gesprächspartner und fand ihn nicht.

»Kommt ihr?«, fragte Victor an der Küchentür mit weit aufgerissenen Augen, die sagen wollten: »Hilfe, wir wissen nicht mehr, was wir mit ihr reden sollen.«

»Was macht dein Job?«, fragte Clothilde, um die Unterhaltung wieder in Gang zu bringen.

»Oh, es läuft bestens«, sagte Alice kaum hörbar. »Die Arbeit wird immer mehr.«

»Hättest du keine Lust, in einem moderneren Museum zu arbeiten?«, fragte Paul, der gerade die Kunst für sich entdeckte.

Alice lachte.

»Also diese modernen Museen mit ihrer Leere, all dieser ungenutzte Platz, zwei Installationen in weißen Hundert-Quadratmeter-Sälen, das regt mich auf. Da sind mir zehn Fragonards in einem staubigen und schlecht beleuchteten Raum lieber.« Sie blickte von dem Löffel auf, in dem sie sich spiegelverkehrt sprechen sah, mit verzerrtem Gesicht. »Ich bin ›technikfeindlich‹, wie Charles sagt. Ich hab viel mehr Spaß an einem antiken Satyr aus Bronze als daran, die Fliegen über einem Haufen postmodernen Mülls in den Arsch zu ficken.«

Clothilde führte ihre Hand vor den Mund, Paul brach in Gelächter aus, und Victor sah seinen Vater an, der sein Weinglas anlächelte.

»Also weißt du«, sagte Clothilde, »du nimmst wirklich kein Blatt vor den Mund.«

»Aber ihr liegt schon richtig«, fuhr Alice fort und wandte sich Victor zu, der Experte für Wirtschaftsrecht war. »Die Gegenwart ist eine Flutwelle, gegen deren Gewalt man machtlos ist. Die Abwesenden haben immer unrecht. Und die Toten muss man vergessen.«

Stille trat ein. Alle dachten an Marie-Claude, ihre Mutter, Großmutter, Schwiegermutter, die sie, kaum erkaltet, schon seit Stunden vergaßen. Die Jungen blickten Clothilde beunruhigt an. Gewöhnlich gab sie den Ton vor, wählte die Themen und drosch Phrasen. Das Lächeln, das sie ihrem Sohn schenkte, war sanft und freundlich und signalisierte, dass sie ohne den geringsten Zweifel bereit war, ihr Monopol auf alle möglichen Gewissheiten mit Alice zu teilen.

Man ließ sich im Wohnzimmer nieder. Pierre las seine Zeitung zu Ende, und die beiden Schwestern brüteten einen Augenblick über dem Kreuzworträtsel des *Figaro*. »Nicht gerade einfach«, wiederholte Clothilde, an Alice geschmiegt auf dem violetten Samtsofa, das bei ihrem letzten Besuch noch nicht da gewesen war. Alice entschied sich für einen undefinierbaren Blick und verlor sich in der Betrachtung der Tanne neben dem Fernseher, die prächtig geschmückt war. Eine bunte Lichtgirlande pulsierte im Rhythmus ihres Herzens, und goldene und silberne Kugeln in Form von Tannenzapfen, die sie noch aus dem alten Haus kannte, erinnerten sie daran, dass ihre Schwester nichts weggeworfen hatte. Weihnachten war der einzige Moment, den ihre Eltern aus rätselhaften Gründen jedes Jahr vor der Decke aus Zynismus gerettet hatten, die ihr Leben ansonsten erstickte. Alice sagte sich, dass sie, wenn ihre ganze Kindheit so glücklich wie jene Abende gewesen wäre, zur Melancholikerin hätte werden müssen, denn sie wusste nicht, dass man, wenn man einmal glücklich gewesen war, es weiterhin sein konnte, einfach weil man es gewesen war.

Paul und Victor verschwanden als Erste, und dann Alice, die von ihrer Schwester zum »Schrankzimmer« begleitet wurde, so genannt, weil drei Schränke darin standen. Sie nahm ein Bad in dem kleinen Badezimmer im Hängeboden, betrachtete ihren Körper, der wie ein Leichnam unter den Schaumklumpen trieb, hörte die Glocke der Kirche elf schlagen und dann die gedämpfte Musik der Jungen hinter der Wand und Gelächter. Sie vergegenwärtigte sich noch einmal das Abendessen, kauerte sich zusammen, ein wenig beschämt über ihre Kühnheiten, und schloss die Augen, schwerelos im dampfenden Wasser. Sie spürte, dass sich ein Knoten in ihrem Gehirn lockerte, wie ein Muskel, der sich entspannte: »Chitty Chitty Bang Bang.« So lautete der Name des Autos aus dem Buch ihrer Kindheit, das Tante Figue ihnen auf Englisch vorgelesen hatte. »Es ist nicht schlimm, wenn ihr nichts versteht, es bleibt trotzdem was hängen.« Und so hatten sich lediglich die Bilder ihrem Gedächtnis eingeprägt.

Im Bett dachte Alice lange an Picasso, bevor sie einschlief. Sie sah seine Hände wieder, die die Tasse hielten wie ein Stück Puppengeschirr, und seinen besorgten Blick über ihr, als sie in Beaubourg ihre Schuhe wieder angezogen hatte. »Ich liebe diesen Mann!«, dachte sie mit der Nachdrücklichkeit und Überzeugungskraft, mit der man bei Gericht seine Sache vor seinen Richtern vertritt.

4

Als er nach Hause kam, zu leicht bewaffnet gegen den furchterregenden Feind, die Festung der Logik, zu der seine Frau im Krieg werden konnte, wusste Picasso bereits, dass er nicht gewinnen könnte, er würde letzten Endes seine Würde nur dank Hélène bewahren, die aufgeben würde, indem sie ihm den Rücken zudrehte, wie man einem starrköpfigen und enttäuschenden Kind nachgibt. Seit ihrem Telefonat ahnte sie wohl etwas, denn ihre Stimme hatte diesen nasalen Klang, den sie immer dann bekam, wenn Picasso ihr Leben komplizierte. Sein »Ich muss heute Abend wegfahren. Für ein oder zwei Tage…« war an sich nichts Ungewöhnliches, doch Hélène, die das Detail liebte und eine Expertin für das Alltagsleben war, musste zwangsläufig diesen winzigen Unterschied zwischen Wahrheit und Lüge gespürt haben, dieses besondere, etwas zu lange Atemholen, bevor man alles auf einen Schlag herauslässt.

»Ein Paar ist eine Präzisionsmaschine. Zuverlässig, aber innerhalb gewisser Grenzen feststeckend…«, hatte sie vor ein paar Monaten bei einem Abendessen geäußert. Wie ein furchterregender Dr. Seltsam, Zigarette in der einen Hand, Atombombe in der anderen, hatte sie ihren Mann von oben herab angesehen, der damals davon gesprochen hatte, alles hinzuschmeißen, »um auf die Inseln auszuwandern, schließlich …«

Hélène war ein komplizierter Mensch, wie viele Hausfrauen. Da sie keine beruflichen Sorgen wiederzukäuen hatte, setzte sie den fixen Ideen, Hirngespinsten oder psychologischen Nachforschungen keine Grenzen und trieb sie bisweilen bis zum Äußersten. Wenn sie sich mit ihren Freundinnen zum Mittagessen traf, kamen diese ihr wie verfolgte Tiere oder Kokainsüchtige vor, den Blick bei der geringsten Menschenbewegung starr auf die Tür des Restaurants gerichtet. »Tragisch«, sagte Hélène betrübt. Doch wenn sie dann allein zu Hause war, wenn die anderen gegangen waren, um draußen ihr Leben zu leben, machte sie sich wahrscheinlich selbst schlecht, um sich Mut zu machen. Hélène war eine intelligente Frau, die ihr Geschichtsstudium verpatzt hatte. Ein gewisses anspruchsvolles Wesen war ihr geblieben, und auch dieser Stolz … der mit der Zeit gekommen war, geschürt durch die Gleichgültigkeit derer, die es eilig hatten, oder die Arroganz derer, die dachten, »man ist nur, was man tut«. Jeden Tag unterdrückte sie die Haremsgelüste, die manche Mütter des Viertels sich ohne Schuldgefühle gönnten, wie sie wusste. Die Hausarbeiten wurden heimlich verrichtet, bei vorgezogenen Vorhängen. Wenn das Telefon läutete, achtete sie darauf, den Ton des Fernsehers abzustellen. Abends hing ein leichter Geruch nach Bügeleisen in der wie durch Zauberhand aufgeräumten Wohnung. »Such dir einen Job«, sagte Picasso, wenn sie an manchen Abenden in der Dunkelheit ihres Schlafzimmers ihrem Unmut Luft machte, angewidert vom Staubwischen und völlig verzweifelt über den chronischen Ungehorsam dieser wie ein Satellitenbild in Planquadrate eingeteilten Wohnung, dieses unkontrollierbaren militärischen Operationsgebiets. »Etwas, das dich beschäftigt«, sagte Picasso, der seiner Frau das Kommando über ein Königreich überlassen hatte, dessen zwei Untertanen mehr oder weniger machten, was sie wollten. »Sie langweilt sich im Paradies«, dachte er, »und schaut von dort oben zu, wie in der Hölle das Leben pulsiert.« Seit sie vor vier Jahren nach Paris gezogen waren, hatte Hélène sich auf eine respektable Ersatztätigkeit beschränkt, indem sie sich in das Schulleben ihrer Tochter einbrachte. Hinter ihrem Rücken »Mutter Maigret« genannt, hatte sie sich zur Delegierten und Vertreterin des Elternverbands wählen lassen. Sie begleitete alle Schulexkursionen: Schwimmbad, Fontainebleau, Comédie Française und merkwürdige Ausstellungen wie »Das Universum. Was weiß man nicht darüber?« in eiskalten Museen. Sie wusste genau, dass diese Rolle, in der man so tat als ob, etwas Rührendes hatte, doch sie bot eine gute Möglichkeit, ihrer Wohnung zu entrinnen, die manchmal gefährlich lebendig war und deren Türen sich öffneten und schlossen, einem Leben zwischen Küche und Wohnzimmer, mit Schaltern, Knöpfen von Haushaltsgeräten, auf die man drückte, ohne hinzuschauen, mit beunruhigenden Selbstgesprächen und der Tyrannei der Zeit der anderen.

Picasso kannte die Traurigkeit und den Mut dieser Frau, die sich ihr Leben anders vorgestellt hatte. Er selbst hätte die Widersprüche nicht ertragen, mit denen sie lebte. Und zum Teil liebte er Hélène gerade deswegen, dafür, dass sie, die im Grunde mehr am Leben hing als er, etwas von einem pflichtbewussten Berufssoldaten hatte.

»Gibt es keine Untersuchung?«, fragte Hélène, die nach einer Stunde Yoga im Halbdunkel des Schlafzimmers ein ruhiges, hellwaches Raubtier geworden war, das seine Mitte wiedergefunden hatte, unerschütterlich. Picasso wusste, dass sie sich in solchen Momenten für einen tausendjährigen Holzbuddha hielt, obwohl sie zerbrechlich wie Sèvres-Porzellan war.

»Nein. Ich habe mich mit Coignard arrangiert.«

Hélène hatte eine panische Angst davor, wieder umziehen zu müssen. Sie hatte bereits Montpellier und La Rochelle schweren Herzens verlassen müssen, ein wenig wie auf der Flucht, ohne wirklichen Grund, weil Picasso nicht zur allgemeinen Zufriedenheit gearbeitet hatte, seine Vorgesetzten nicht ausstehen konnte, sich immer wieder kleine ärgerliche Schnitzer leistete … Sie nahm diesem Mann seinen Mangel an Ernsthaftigkeit, seine Unsicherheit furchtbar übel, schließlich hatte sie ihm ihr kostbares Leben anvertraut. Sie füllte ihre Lungen mit Gelassenheit und blickte Picasso in die Augen. Hélène wusste, dass sie vulgär, kleinlich und berechnend war, aber sie ließ sich das niemals anmerken, aus Disziplin und aus dem Wunsch heraus, sich über Wasser zu halten in einem Leben, das leicht in unfeine Verbitterung abdriften konnte.

»Willst du zur Beerdigung fahren?«, fragte Picasso.

Hélène schüttelte den Kopf, stand auf und zündete sich ihre dritte Zigarette des Tages an, sie zählte sie.

»Nein. Ich habe Alice eine Nachricht hinterlassen, um ihr mitzuteilen, dass wir an sie denken.«

Picasso packte ein paar Sachen in eine Tasche, während Hélène ihn im Wohnzimmer zu ignorieren versuchte. Seine Abreise kränkte sie, und sie schämte sich für den Bratengeruch, der ihre Pläne für einen ganz normalen Abend verriet. Sie hasste den Mann, der an diesem Abend die Tür hinter sich schloss, so sehr, dass sie sich an die Wand in der Diele lehnen musste, um ein heftiges Schwindelgefühl zu überwinden und einen Wutschrei zu ersticken.

Sie kehrte auf ihre Yogamatte zurück, um über ihre nahe Zukunft nachzudenken. Und dort, in der Stille ihres Schlafzimmers, kippte Hélènes Leben innerhalb weniger Minuten, denn der Mensch ist ein außergewöhnliches Geschöpf, das im Handumdrehen den Blick auf die eigene Existenz verändern, sich eine andere vorstellen und nach Monaten oder Jahren geheimer Verhandlungen und unsichtbarer Anpassungen ohne die Spur eines Zweifels handeln kann.

Alice stand spät auf und fand in der Küche die Jungs im Tennisdress vor, die mit ihrem Vater frühstückten. Hinter ihnen und mit dem Rücken zu ihr reinigte Madame Grolier, die Putzfrau, das Spülbecken.

»Guten Morgen zusammen. Ist Clothilde noch nicht wach?«, sagte Alice in die Stille, barfuß und im Pyjama der Woche.

»Du machst wohl Witze«, sagte Victor. »Sie ist schon auf dem Markt und beim Metzger gewesen. Jetzt ist sie unterwegs zur Bank und dann in ihr Büro, um Anweisungen zu geben.«

Alice fand, dass Victor von seiner Mutter wie von einer Ehefrau sprach.

»Ich hätte ihr helfen können ...«, sagte Alice etwas leiser.

Die Putzfrau verließ die Küche, gefolgt von den Jungs und ihren komplexen Gerüchen nach modernen Seifen, wodurch Alice allein mit Pierre blieb, eine dieser Situationen, die auf einer Schwierigkeitsskala ziemlich weit oben rangierte.

Sie sprachen sehr ernsthaft über die Heizung, »voll aufgedreht für Figue und Henri«, und dann über Vincent.

Er starrte sie beim Sprechen an, um zu verbergen, dass er sie von oben bis unten betrachten wollte. Sie beschrieb ihm die letzten Reisen ihres Mannes, eine Angewohnheit, die sie perfekt beherrschte und die sie benutzte, um Gesprächspausen zu füllen, indem sie sich sozusagen hinter ihm verschanzte. Ihr Schwager berichtete in der gleichen Absicht von Clothildes Aktivitäten. Alice mochte Pierre, »den Prächtigen«, sehr. Seine tiefe Stimme und sein Geruch nach hellen Gauloises schläferten sie ein, doch Clothilde thronte zwischen ihnen wie eine große nordische Göttin mit erhobenem Zeigefinger und verbot ihnen für immer jegliche Intimität. Gemeinsam hatten sie nacheinander die zweibändige *Erbauliche Geschichte von Clothilde Estremoz-Kantor* geschrieben. Alice Band I, *Die Jugend*, und Pierre Band II, *Die reifen Jahre*. Auf diese Weise gehörte Clothilde nun Pierre, wie sie einst Alice gehört hatte. Es war eine Verbindung ohne Eifersucht, als wären sie zwei Freunde, die dieselbe Geliebte gehabt hatten. Pierre fuhr fort:

»Sie hat heute Morgen François angerufen. Meiner Meinung nach fürchtet er Tante Figue so sehr, dass er ihr lieber erst gegenübertritt, wenn alle da sind.«

Alice dachte voller Zärtlichkeit an ihre Schwester, die es auf sich genommen hatte, ihren Vater anzurufen, obwohl sie ihn aus tiefstem Herzen hasste.

»Ich bin keine große Hilfe …«, sagte Alice auf gut Glück.

Pierre reichte ihr die Kaffeekanne und reckte dann seinen im Notarsanzug steckenden braungebrannten Körper, dessen portugiesische Vorfahren in der trockenen Erde des Alentejo begraben waren. Pierre-Pedro Estremoz, einziger Sohn eines stummen Zimmermanns und einer traurigen Frau, war an der Rechtsfakultät in die Arme von Clothilde gelaufen, seiner Jungfrau von Fatima, der er seine Zukunft zu Füßen gelegt hatte. Gemeinsam war beiden eine Kindheit, die sie vergessen konnten, ein Leben danach, das sie sich erfinden mussten, und eine Rache, deren Vorbereitung sie zehn Jahre kosten würde, die sie dann aber vermutlich bis ans Ende ihres Lebens genießen durften. Während Alice die Vergänglichkeit der Schönheit gewählt hatte, hatte ihre Schwester die Achtbarkeit des Steins vorgezogen, um mit ihrer Vergangenheit ins Reine zu kommen. Aus Pedro wurde Pierre für seine Klientel in der Provinz. Er kaufte Haut-Clos, ein kleines Herrenhaus mit zwei Gärten, verborgen hinter einer Mauer und genau in der Mitte dieses kleinen Kaffs, als ständige Provokation, eine Nessel in diesem Marktflecken am Ufer der Loire, in dem man einfach nicht anders konnte, als die Vermögenden zu achten. Niemand hatte die Kantor-Schwestern und ihre alkoholabhängige Mutter vergessen. »Sie haben ganz schön darunter gelitten«, sagte man. Man erinnerte sich auch an den Vater, dessen Haar bis zur Mitte des Rückens fiel und der sich stets »mit seinem ekelhaften Labrador« zum Bistro beim Markt schleppte, um seine Zigaretten zu kaufen und sein Bier zu trinken. Fünfundzwanzig Jahre später war Clothilde eine erfolgreiche Immobilienmaklerin, fuhr selbstsicher wie ein Stadtrat mit durchgedrücktem Gaspedal in ihrem Alfa herum und grüßte diesen oder jenen, über den sie natürlich dank ihres Mannes, des Notars, alles wusste.

»Gemeinsam halten wir sie bei den Eiern gepackt. Pierre kümmert sich um ihre schäbigen Erbschaften, und ich verkaufe ihre Häuser, wenn er es nicht selbst tut. Was sagst du dazu?«, fragte sie ihre erschrockene Schwester, die sich in der Gegenwart zu wohl fühlte, um begreifen zu können, dass man den ganzen alten Staub wieder aufwirbelte, den sie so sorgfältig vor jedem Luftzug zu bewahren versuchte.

Pierre teilte Clothildes Gehässigkeit nicht, seine Kindheit war zwar traurig gewesen, aber ohne Gewalt. Er hatte sich eine Familie gewünscht, und sein Haus schenkte ihm jeden Tag, ausnahmslos, ein erfüllendes Glück. Genau das empfand er auch an diesem Morgen in seiner Küche im Schein der Wintersonne. Er reckte sich in Gegenwart von Alice, der Sanften, seiner Schwägerin, die sich den Bauch vollschlug, als hätte sie drei Tage nichts gegessen und als wäre nicht gerade jemand gestorben. Er bewunderte die Gleichgültigkeit der beiden Schwestern diesem Ereignis gegenüber, dessen mögliche Konsequenzen er in der Ausübung seines Berufs in ihrer ganzen Tragweite kennengelernt hatte, und fand sie zugleich beunruhigend. Gleichgültigkeit war eine seltene Reaktion, selbst wenn die Eltern sehr alt starben. Immer gab es diesen Schrecken, wie ihn ein Akrobat empfindet, der zum ersten Mal ohne Netz arbeitet – Bedauern und Befreiung. »Hören Sie zu, Maître«, hatte ihm eines Tages eine Frau anvertraut, »sie haben mich mit ins Grab genommen, denn sie haben mir nicht alles gesagt, sie haben mir nicht die Erinnerungen hinterlassen, die mir heute so sehr helfen würden. Meine Eltern waren keine großzügigen Menschen.« Ein paar Monate später hatte er vom Selbstmord dieser Frau erfahren, an seinem fünfzigsten Geburtstag. Alice und Clothilde liefen nicht ihren Kindheitserinnerungen hinterher. »Die laufen eher uns hinterher!«, pflegte Clothilde aus Spaß zu den Kindern zu sagen. Sie hatte ihren Söhnen erklärt, »als wir klein waren, hielt euer Großvater sich für George Harrison und eure Großmutter für Thérèse Desqueyroux«, das Ganze mit Humor erzählt und das Pathos ins Komische gezogen, ohne allerdings die Wahrheit zu verraten, denn sie hasste diese Geheimnisse. »Als Kinder«, hatte sie Pierre gestanden, »verbrachten Alice und ich unsere Zeit damit, das Haus zu durchsuchen, wonach, weiß ich nicht so genau. Sobald wir allein waren, verwandelten wir uns in Mäuse unter Drogen und witterten überall Gefahren.«

»Clothilde hat mir erzählt, dass ihr nächsten Sommer wieder nach Portugal wollt?«, fragte Alice, fasziniert von Pierre, dem Verbotenen, ausschließlicher Besitz ihrer Schwester, den sie so gern berührt hätte.

»Ja. Ich muss nach Monsaraz. Meine Cousins zerfleischen sich wegen eines Grundstücks, und mein Vater hat mich gebeten, nach ihnen zu sehen. Ich weiß zwar nicht so recht, was ich tun kann, aber gut … Falls du Lust hast, mit uns zu kommen …«

Sie hatten die Reise schon einmal zu viert gemacht, Vincent, Pierre, Alice und Clothilde, die mit Victor schwanger war. In beiden Familien gab es Fotos davon. Bilder von Monsaraz, blendend weiß, wie mit viel Wasser vor Sonnenaufgang gewaschen. Die große Clothilde posierte, in ein gestreiftes Umstandskleid gezwängt, eine Hand immer auf den Schultern düsterer kleiner Frauen, obskurer Tanten von Pierre-Pedro Estremoz, »der, der Notar in Frankreich geworden war«. Alice hatte deutlich vernehmbar erklärt, dass Monsaraz »ein schöner Platz zum Sterben« sei.

»Für mich definitiv«, sagte sie, ohne weiter darauf einzugehen.

Sie sah bereits die Gesichter ihrer beiden Kinder, das keinen Widerspruch duldende »auf gar keinen Fall« von Iris. Charles, ein absoluter Fan von Tante Figue, würde die Gelegenheit nutzen, um einen ihrer Sprüche anzubringen: »Du machst wohl einen müden Scherz« oder: »Ich brate mir ein Wildschwein«, Aussagen, die trotz ihrer Abgedroschenheit auf dem Schulhof Furore machten. Alice wollte die beiden gerade anrufen, als das Handy neben ihr zu vibrieren begann, wie ein Insekt, das die Orientierung verloren hatte und sich um sich selbst drehte. Es war Agnès Prout, die aus dem Louvre anrief. Pierre nutzte die Gelegenheit, um die Küche zu verlassen, nachdem er seiner Schwägerin zugewinkt hatte.

»Entschuldige, dass ich dich störe. Ach übrigens, mein Beileid.« Agnès war ein pragmatischer Mensch und tat sich sehr schwer mit privaten Angelegenheiten. »Ich ruf dich an, weil ich vorhin das Gästebuch der Pisanello-Ausstellung durchgeblättert habe, und da steht ein komischer Satz drin, ich les ihn dir vor: *Aber immer verfolgt mich das Bild der schlafenden Alice, auf Reisen in merkwürdigen Ländern*, und das alles in der Schrift eines umerzogenen Linkshänders, ich erkenne sie, ich bin selbst eine. Was denkst du? Ich wüsste nicht, was das mit Pisanello zu tun haben soll … Und da steht dein Name!«

Alice kannte natürlich die andere Alice, die im Wunderland, und das Gedicht von Lewis Carroll.

»Oh, Scheiße«, sagte sie, während Madame Grolier, die in die Küche zurückgekommen war, herumhantierte und darauf wartete, dass der Gast »die Fliege macht, damit ich den ganzen Kram aufräumen kann«.

Alice erhob sich und verschwand im Flur, das Handy am Ohr. Sie fragte Agnès, ob die Botschaft unterschrieben sei.

»Nein.«

»Wann ist sie geschrieben worden?«

»Vorgestern.«

»Tja«, schloss Alice, »vermutlich ein unbekannter Bewunderer.«

Es war ausgeschlossen, Agnès alles zu erzählen, jedenfalls nicht jetzt. Sie beendete das Gespräch, nachdem sie sich erkundigt hatte, was es im Museum Neues gebe, und nach ihrer Gruppe gefragt, die Agnès unvorbereitet übernommen hatte, »danke, Agnès, du hast was gut bei mir.«

Während sie sich anzog, rief sie zu Hause an und erwischte eine genervte Iris, die seit ein paar Monaten »zickig war«, wie Charles sagte. Am Telefon motzte sie in der Tat herum, sie sei noch nicht richtig wach, nach dem Motto: Ich erinnere mich nicht, welcher Tag ist, ich hab nicht die geringste Ahnung, was ich heute machen werde, mich treibt ja nichts, ich recke mich wie Audrey Hepburn, ich bin sanft wie Marilyn, ich trällere wie Anna Karina, «ich weiß einfach nicht, was ich tun soll.« Dieses ganze Theater vermutlich wegen der »verdammten Beerdigung« ihrer »verdammten Großmutter«, die sie nur dreimal in ihrem Leben gesehen hatte, diese halb senile Frau in dem schrecklichen Altersheim, »bäh«. Im Grunde war Alice ganz glücklich über die Gleichgültigkeit ihrer Kinder gegenüber den Großeltern. »Keine Weitergabe des Unglücks, kein Fluch. Das ist gut so«, hatte sie Vincent erklärt.

»Gib mir deinen Vater«, sagte sie, da sie wusste, dass sie aus dieser trägen, desinteressierten Pubertierenden nichts herausbekommen würde.

»Hallo?«

Vincents Stimme überraschte sie, sie schien aus ferner Vergangenheit zu kommen. Alice wurde sich bewusst, dass sie ihn seit zwei Wochen nicht mehr gesehen hatte. Sie besprachen nett und höflich das weitere Vorgehen. Vincent hatte diesen glücklichen Klang in der Stimme, wie immer, wenn er »eine interessante Reportage in Aussicht« hatte. Glück und Pech für ihn. Mit dem vibrierenden Handy in der Tasche und dem Versprechen einer baldigen Reise nach Birma oder Lateinamerika, die er aus der Ferne zwischen zwei Beileidsbezeugungen vorbereiten musste, würde er nichts von der Beerdigung mitkriegen.

Alice fand sich auf der Straße wieder, mehr oder weniger hinausgeschmissen von Madame Grolier. Grimmige Kälte und gleißendes Sonnenlicht überfielen sie. Sie beschloss, Clothilde in ihrem Büro aufzusuchen, und ging die Geschäftsstraße entlang, die so üppig mit Girlanden geschmückt war, dass man es kaum aushielt, und in der einem die Ohren mit musikalischem Sirup, *Jingle Bells* et cetera, verkleistert wurden. Sie begegnete Passanten, für die sie mittlerweile eine Unbekannte war, da sie sich entschieden hatte, nicht vor Ort zu kämpfen, sondern die Neutralität der Fremde vorgezogen hatte. Dabei trug sie ausnahmsweise ihren roten Mantel, den auffallenden, den Vincent mit ihr ausgesucht hatte und der in Sachen Kühnheit dem illuminierten Tannenbaum im Schaufenster des Metzgers Konkurrenz machte. Das Gedicht im Gästebuch fiel ihr wieder ein, und sie dachte, dass sie Picasso davon erzählen sollte. Er hatte sich nicht mehr gemeldet, aber Alice sagte sich, dass ein Bulle sich nicht verirren konnte und dass er sie finden würde, wo immer sie auch wäre. Sie war ganz froh, dass sie Informationen für ihn hatte, denn wenn sie es recht bedachte, glaubte er ihr wirklich? An einer Straßenecke erkannte sie in der Ferne die Fassade ihres Elternhauses. Ihre gute Laune verflog sofort. Sie wandte den Kopf ab wie von einem Toten, erschauerte und ging schneller. Dicke Dunstwolken kamen aus den Mündern der Passanten, eine kleine persönliche Wolke, die jeder mit sich spazieren führte. Ein Mann grüßte sie, und sie lächelte ihm zu, ohne ihn zu erkennen. Flächendeckend gossen faschistische Lautsprecher jetzt *White Christmas* in ohrenbetäubender Lautstärke über den Marktflecken. Alice hatte Mühe, die Straße zu überqueren, so dicht war der Verkehr. »Auf dem Land«, hatte sie ihren Kindern erklärt, »nehmen die Leute wegen jeder Kleinigkeit das Auto und lassen den Motor vor dem Bäcker laufen, mit Babys im Wagen.« Vor dem Zeitungsladen begegnete sie Babie, dem Dorftrottel: dicke Brillengläser, schlechte Zähne und eine bis zum Bauchnabel hochgezogene Hose, gehalten von Hosenträgern und einer Mutter, die sich um ihn sorgte. Wie durch ein Wunder war er dem Bild des Mörders entgangen, das der Zeitgeist forderte, und machte niemandem Angst, der poetische Narr. Auf gewisse Weise waren alle dafür verantwortlich. Immer begegnete ihm irgendjemand, wie er über sein Fahrrad gebeugt im Gespräch mit seinem Doppelgänger war. Alice dachte, dass er nicht älter würde und dass sich dieses Wunder nicht plausibel erklären ließ. Irgendetwas musste ihn schützen, worauf die anderen keinen Anspruch hatten. Einen Moment später blieb sie vor dem Fotogeschäft stehen. Dort posierten in Farbe, in Schwarzweiß, in Sepia oder in künstlerischer Unschärfe junge und weniger junge Brautpaare auf dem Rasen des Stadtparks oder am Ufer der Loire, je nachdem. Dickliche Frauen in schillernden, leicht entflammbaren amerikanischen Kleidern, Prinzessinnen für einen Tag, lächelten linkisch Männern zu, die nicht gerade berauschend waren, sie aber dennoch verführt hatten. Alice erinnerte sich, dass sie die anderen, die durch die Entfernung und die Zeit unverständlich und eigenartig geworden waren, stets um ihre Normalität beneidet hatte. Die Kantor-Schwestern hatten sich aus tiefstem Herzen Zierdeckchen gewünscht, Vasen aus Opalglas, die sauberen Küchen und die sauberen Väter ihrer Schulfreundinnen, die ganz normal mit vernünftigen Ehefrauen sprachen. Links im Schaufenster, in einem hellblau lasierten Rahmen, trug der Bräutigam um die Augen herum die Spuren einer Brille, die er für die Aufnahme in seiner Tasche versteckt hatte, und die Braut trug ein von einer kreativen Perückenmacherin künstlerisch drapiertes Haarteil. Das Gesicht im Dreiviertelprofil, blickte eine andere in die Ferne, während ihr neuer Mann ihre Hand hielt. »Ist er der Richtige?«, fragte die Braut die Passanten. In der Eiseskälte der zugigen Straße betrachtete Alice wie hypnotisiert die nackten Schultern dieser Frauen, deren Stöckelschuhe wie die Accessoires einer Barbiepuppe wirkten, und dann die Kommentare des Fotografen: »Nehmen Sie sich bei der Hand«, »Monsieur, blicken Sie Madame an«, »Achtung, Sie treten auf Ihren Schleier«, »Lächeln und nicht mehr bewegen«. Manche waren in einen künstlerischen Nebel gehüllt, den Alice beunruhigend fand wie eine Überblendung ins Schwarze. Verwirrt setzte sie ihren Weg fort, kam am Lebensmittelgeschäft Binet und an der Bäckerei Poulain – ehemals Clavaux – und ihrem phantastischen Geruch nach frischem Brot vorbei und spürte schließlich, dass sie begann, sich genervt zu fühlen, wie immer, wenn sie hier war. Sie wurde langsamer, wodurch der Körper mit gutem Beispiel dem Kopf voranging, der ihm normalerweise folgte. Alice liebte es, still zu sein, das war fast ein Prinzip bei ihr. In diesem selbstgewählten Zustand betrat sie das Maklerbüro, das lediglich mit einer kleinen Holztanne, wie aus einem schwedischen Möbelkatalog, geschmückt war. Ein junges Mädchen hob den Kopf von ihrer Computertastatur.

»Guten Tag.«

Alice stellte sich vor, und die andere bat sie, ihr zu folgen. Am Ende des kleinen Flurs telefonierte Clothilde in ihrem Chefzimmer. Sie bedeutete ihrer Schwester hereinzukommen. Alice zog ihren Mantel aus und setzte sich in einen Ledersessel, der sie wie ein Mund verschlang.

»Madame Touchard, ich kann nicht hundert Jahre warten, bis Ihr Mann sich entscheidet.« Während sie sprach, korrigierte Clothilde die Rechtschreibfehler in einem maschinengeschriebenen Brief. Sie trug eine Lesebrille, eine ganz neue, wichtige Entdeckung für Alice. Sie sagte mehrmals »ja« oder »nein«, dann »frohe Weihnachten, Madame Touchard« und legte das Telefon hin, als hätte es die Krätze. Alice lachte, ihre Schwester, die einen Termin auf ihren Kalender schrieb, nicht. »Verdammt!«, sagte sie. »Die Leute werden immer verrückter, meine arme Alice.« Dann schwieg Clothilde plötzlich, blickte ihre Schwester scharf an und sagte: »Ich warne dich, das wird ein harter Tag heute. Wir müssen in die Aufbahrungshalle.«

Sie sprach, als sei Alice zwölf, was unter gewissen Umständen teilweise auch zutraf.

»Müssen wir?«

Clothilde reagierte verärgert.

»Ja«, erwiderte sie schroff. »Es werden Leute kommen, die sie ein letztes Mal sehen wollen. Ich weiß, es ist ein bisschen *strange*, aber was willst du machen? Wir müssen da sein, um sie zu empfangen.« Alice seufzte und dachte wütend, dass ihre Mutter sie bis zum bitteren Ende nervte. »Pierre wird Tante Figue vom Bahnhof abholen«, fuhr Clothilde fort, »und direkt hinbringen. Onkel Henri hat sich immer noch nicht gemeldet. Dieser alte Idiot, es ist wirklich ein Kreuz mit ihm. Ich habe das gelbe Zimmer für Iris und Charles vorbereiten lassen. Ich kann sie doch in einem Zimmer unterbringen?«

Alice nickte.

»Clothilde, ich muss dir was erzählen. Es wird dir vielleicht idiotisch vorkommen …« Alice wusste, dass es falsch war, ihr davon zu erzählen, doch sie nutzte jede Möglichkeit, selbst diese, um den Besuch in der Leichenhalle hinauszuzögern. »Ich werde seit ein paar Monaten von einem Verrückten verfolgt.« Clothilde riss die Augen auf. Das Telefon klingelte, sie drückte das Gespräch weg. »Zuerst hat mich das noch amüsiert, es erinnerte ein bisschen an eine Schnitzeljagd, verstehst du?«

Sie erzählte Clothilde alles, einschließlich der Geschichte mit Catherine Hersch, die sie ihrer Schwester, die verblüfft zuhörte, in sämtlichen Einzelheiten schilderte.

»Diese fette Ziege!« Clothilde brach in Gelächter aus, das von ihrem Haar gedämpft wurde, wie bei einer Marionette der Muppet Show.

»Du kennst sie?«, fragte Alice überrascht.

»Ja«, erwiderte ihre Schwester zwischen zwei Lachkrämpfen, »ich habe eine Reportage über sie im Fernsehen gesehen.« Sie lachte immer schallender, ein ansteckendes Lachen, dem sich auch Alice nicht mehr entziehen konnte. »Also, das haut mich glatt um«, sagte sie, nun ruhiger. »Du hättest sie töten können, keine Ahnung, ein Kurzschluss und sie in der Badewanne, ein Brand. Also wirklich, Alice …«

»Clothilde, Vincent weiß nichts davon.« Sie schwiegen einen Augenblick. »Kennst du Hélène, Juliettes Mutter?«, fragte Alice.

»Ja, sie trägt den Namen eines Malers.«

Leises Kichern drang noch immer aus ihrer Kehle, wie Glassplitter.

»Ihr Mann ist Polizeiinspektor. Er hat die Geschichte mit der Fotografin geregelt, und ich habe ihm alles Übrige erzählt. Er nimmt die Sache sehr ernst. Wenn nichts dazwischenkommt, wird er kommen.«

»Was, hierher?«

»Ja.«

»Aber ich kann ihn nicht unterbringen!«, rief Clothilde, die aufgesprungen war und ihren zerknitterten Rock, den schwarzen mit dem Vasarely-Motiv, von ihrem Hintern löste.

»Darum hat dich auch niemand gebeten!«, erwiderte ihre Schwester wie aus der Pistole geschossen.

5

Picasso verließ Paris ohne Stau bei Einbruch der Nacht. Er ordnete sich in das leuchtende Band auf der Autobahn ein und geriet langsam wieder in diesen Zustand der Ekstase, der ihn mit achtzehn am Steuer seines goldfarbenen Simca 1000 Selbstgespräche hatte führen lassen, wenn er einfach losgefahren war, um das Gefühl der Freiheit zu empfinden. Die phlegmatische Gleichgültigkeit seines Vorgesetzten im Kommissariat gegenüber seiner etwas hastigen Abreise hatte er sich mit der nahenden Weihnachts- und Neujahrspause erklärt.

Auf einem Rastplatz rief er Alice auf ihrem Handy an. Er tat es in dem Augenblick, als die beiden Schwestern durch die Landschaft des Anjou fuhren, die Organisation der Beerdigung besprachen und sich fragten, in welchem Zimmer man Tante Figue unterbringen sollte. Picasso hinterließ keine Nachricht. An einer grell rot-weißen Tankstelle verschlang er ein schreckliches dreieckiges Sandwich und stürzte eine zu kalte Cola hinunter. Er machte sich Vorwürfe, dass er im Streit von zu Hause weggefahren war, und dachte an Hélène. Der empfindliche Sinn seiner Frau für Werte hatte ihm zahlreiche schlüpfrige Situationen erspart, da ihm, mit den hängenden Schultern eines deprimierten ewigen Kleinbürgers, jegliches Gefühl für Lächerlichkeit abging. Beide wussten sehr gut, dass er dort nichts zu suchen hatte, und wie ein verzögert wirkendes Gift käute Picasso die bitteren und gereizten Worte ihres Streits wider.

Furchtbar unglücklich und unfähig umzukehren, stieg er in den Wagen und tauchte mit surrender Heizung und dampfendem Kaffee in einem aufgeweichten Becher wieder in die Dunkelheit der Autobahn ein, die ihn und sein bisheriges Leben schluckte.

In der Stadt angekommen, schlief er wie ein Stein in einem grässlichen Zwei-Sterne-Hotel, wo der Fernseher an der Decke hing und Totenstille herrschte. Der Frühstücksraum hatte kein Fenster. In der Lokalzeitung stieß er auf die Todesanzeige von Madame Marie-Claude Kantor geb. Legoff, 63 Jahre. Der Name Alice Conque ließ ihn vor Überraschung husten. Dann ging er in die Kälte hinaus und bummelte durch die eiskalten Straßen auf der Suche nach einer Adresse, die Coignard ihm am Morgen durchgegeben hatte. Er fand die Straße und witterte etwas unendlich Trauriges in der Luft, das die Sonne nicht zu vertreiben vermochte, einen Geruch nach getarnter Mittelmäßigkeit, nach schmutzigen Vorhängen und schmutzigen Geschichten. Er wartete, machte diskret ein paar Fotos mit seinem Handy und stattete dann Brémond, seinem Kollegen im örtlichen Kommissariat, einen Besuch ab. Sie tranken einen Kaffee in der Bar an der Ecke, sprachen über Gott und die Welt, über Paris und die Provinz, über die berühmte Lebensqualität, die nicht für alle die gleiche Bedeutung hat, und ein paar lokale Persönlichkeiten, die Picasso interessierten. Ein Händedruck, »bis bald«, und er stieg in seinen Wagen und fuhr aus der Stadt hinaus aufs Land.

Die Sonne ließ den Raureif glitzern, der auf der Windschutzscheibe lag und auf dem Gras der Felder. Die Landschaft erinnerte Picasso an Alices eigenartige Schönheit. Auf einer beunruhigenden Loire, die sich in tausend schlammige Tentakel teilte, bildeten die schieferblauen und silbergrauen Dörfer zarte Inseln, darunter auch der große Marktfleck, in dem die Familie von Alice wohnte. Man erreichte ihn über eine protzige Brücke, es war Markttag. Der Inspektor parkte auf einem hässlichen Platz und schlenderte durch die Geschäftsstraßen. Er sah zwei schlacksige Jungs in Tennisshorts, die ein Anwesen betraten, von dem ihm das Tor im Gitterzaun und die prunkvolle Tuffsteinfassade, goldgelb schillernd in der Sonne, auffielen. Er kam am Schaufenster eines Fotografen vorbei, betrachtete eine Braut in rotem Samtkleid und bestellte einen Kaffee am Tresen einer belebten Bar. Neben sich hörte er einen Mann sagen: »Sie wird morgen beerdigt. Ich erinnere mich, sie hat meiner älteren Tochter Klavierunterricht gegeben. Ach ja. Das ist jetzt mehr als fünfzehn Jahre her.« Der Typ lüpfte seine Schirmmütze, kratzte sich am Kopf und ließ einen Finger über den Rand eines kleinen Glases kreisen, das mit einem vollmundigen, schweren Weißen gefüllt war. »Übrigens war sie sympathisch. Meine

Frau mochte sie. Aber nach einem Jahr mussten wir abbrechen. Ist das nicht tragisch … hm?«

Seine beiden Gesprächspartner und die Wirtin, die den Tresen putzte, brummten etwas, das Picasso zu gern verstanden hätte.

»Ich werde zur Beerdigung gehen«, meinte die Frau. »Nicht weil …«

Sie bemerkte, dass man am Zigarettentresen auf sie wartete, und legte ihren Wischlappen zur Seite. Die anderen dachten nach, den Blick ins Leere gerichtet. Worüber? Picasso zahlte und ging hinaus.

Im Zeitungsladen blätterte er in seiner Sportzeitung, die verloren hinter den beiden allgegenwärtigen und allwissenden Lokalzeitungen klemmte. Geboren in Paris, hatte Picasso erst anderswo und erst spät entdeckt, dass mehr als dreißig Kilometer von zuhause entfernt nichts wirklich existiert. Er verweilte noch einen Augenblick, beobachtete die Leute und hörte zu. Auf den Titelseiten der Zeitschriften lächelten Digitalfotos denen zu, die an die ewige Jugend glauben wollten. Strahlend weiße Zähne, Babyhaut und retuschierte Körper propagierten eine Krankheit, die nicht tödlich war, aber ebenso lästig und schwer zu heilen wie eine Schuppenflechte: den Selbsthass, analysierte Picasso.

Er verließ den Laden, ohne sich zu verabschieden, versunken in seine aktuellen Gedanken, und suchte einen Ort, wo er Mittag essen konnte. Die Pizzeria war voll und das Restaurant mit Spezialitäten der Loire zu teuer für einen Wochentag in der Provinz, so dass er schließlich, wütend über die ohrenbetäubenden Weihnachtslieder, denen man einfach nicht entkam, eine Crêperie betrat, wie man in eine Kirche flüchtet. Das Lokal war ruhig, und es waren nur wenige Gäste da. Man wies ihm einen Platz am Fenster zu, eine langsame Frau mit sehr kurz geschnittenem Haar nahm seine Bestellung auf. Während er auf seine »Vollkorncrêpe« wartete, betrachtete er die Leute, die auf der Straße vorbeigingen, und die Tanne, die im Schaufenster gegenüber glitzerte. Empfindungen von früher, aus der Zeit in La Rochelle, als er noch ein glücklicher Mann gewesen war, kamen hoch und pressten seine Schläfen zusammen. Er rief Hélène an, die nicht da war oder vielleicht doch und ihn mit Schweigen strafte. Also hinterließ er ihr ein paar nette Worte und machte sich sorgenvoll über seine quadratische Crêpe her, die wie ein Taschentuch gefaltet war. Er erkannte Alice nicht sofort, als sie vor dem Fenster des Restaurants erschien, in einem ungewohnten roten Mantel und eine lächelnde nordische Riesin an ihrer Seite.

Ein paar Sekunden später saßen die beiden Schwestern an seinem Tisch.

»Nein, wir essen nichts«, sagte Clothilde mit Nachdruck zu der Kellnerin. »Bringen Sie uns zwei Kaffee, danke.«

»Wissen Sie, dass Sie einer Sekte Geld geben, wenn Sie hier essen?«, flüsterte Alice lächelnd. Sie deutete mit dem Kinn auf den Typen hinter der Bar. »Wir gehen sonst nie hier herein. Wie ist Ihre Crêpe?« Sie redete weiter, ohne ihm Zeit für eine Antwort zu lassen. »Die leben in einer Art Gemeinschaft, die Gendarmen sind mehrfach da gewesen, weil die Kinder ständig die Schule schwänzten.« Die Frau kam zurück, und Picasso bemerkte, dass Alice wünschte, er würde es wahrnehmen: ihr immenses Bedürfnis nach Einfachheit, ihre Ablehnung der Welt, wie sie war. »Clothilde, ich stelle dir Inspektor Picasso vor. Sie weiß Bescheid«, fügte sie an Picasso gewandt hinzu, den so viel Weiblichkeit auf einmal überwältigte.

Picasso hatte das Gefühl, dass diese ganze Geschichte Alice wahnsinnig amüsierte und dass sie einfach nur überglücklich war, diesen Mann auf ihrem Territorium und im Gesichtsfeld ihrer Schwester zu sehen.

»Sehr erfreut«, sagte er zu Clothilde. Sie tauschten einen komplizenhaften Blick bezüglich Alice aus, die möglicherweise in Gefahr war. »Neuigkeiten?«, fragte er.

Alice erzählte dem Inspektor von Agnès' Anruf und dem Gedicht im Gästebuch. Picasso fragte Clothilde, ob sie das an irgendetwas erinnere und ob sie ungewöhnliche Dinge in ihrem Alltag bemerkt hätte.

»Nein, natürlich nicht«, sagte sie überrascht. Plötzlich misstrauisch geworden, sah sie Picasso scharf an. »Wenn Sie in unserer Familie einen Verrückten suchen, werden Sie schnell ein paar finden. Aber ich denke, Sie würden die falsche Fährte verfolgen, denn das sind ganz gewöhnliche Verrückte ohne jede Phantasie und viel zu egoistisch, um sich für etwas anderes zu interessieren als sich selbst.«

Die verwirrte Clothilde war puterrot. Picasso bemerkte

es, wusste aber nicht, dass das bei dieser schönen Frau nur selten vorkam. Ihr Mund hatte sich unmerklich verzogen, was bei ihr ein Zeichen dafür war, dass ein Hassausbruch oder ein Weinkrampf bevorstand.

»Und wie ist nun die Crêpe?«, fragte Alice, die nichts bemerkt hatte, erneut.

»Sie ist gut«, sagte Picasso, der sich nicht traute, vor den beiden Frauen zu essen.

»Trinken Sie den Kaffee bei uns? Wir sind noch bis zwei Uhr zu Hause«, sagte Clothilde, deren Gesicht wieder eine normale Farbe angenommen hatte.

»Dann fahren wir zur Aufbahrungshalle«, fügte Alice hinzu, die es wiederholen musste, um es zu glauben. »Und was haben Sie vor?«

»Ich habe zwei oder drei Dinge in der Stadt zu erledigen. Wenn Sie wollen, rufe ich Sie am späten Nachmittag an.«

Ihre Blicke begegneten sich zufällig und sahen den Schrecken beim anderen, die panische Angst, gemeinsam etwas Schlechtes zu tun. Alice senkte als Erste den Blick.

Clothilde wollte den Kaffee bezahlen, doch Picasso lud sie ein. Die beiden Frauen gingen wild gestikulierend hinaus, wodurch sie die Aufmerksamkeit der Restaurantgäste auf sich zogen, und Picasso aß seine Crêpe, ohne es zu bemerken, geblendet von Alices Lächeln und diesem Funken, der zwischen den beiden Schwestern übersprang wie ein Lebensblitz, den die eine wieder anfachte, wenn er bei der anderen schwächer wurde. Ein Kaffee, die Rechnung, und er ging. Die Sonne war verschwunden, der Himmel färbte sich grau und senkte sich langsam, schnell härtender Mörtel, auf den menschenleeren Marktflecken hinab, der wie ein Mann zum Mittagessen gegangen war.

»Da bist du ja!«, rief Clothilde, als sie ins Wohnzimmer trat.

Sie lief auf Onkel Henri zu, um ihn zu umarmen, gefolgt von Alice, die zurückhaltender war. Beide waren, so vertrauten sie sich später an, bestürzt darüber, bei Henri diese wahnsinnige Ähnlichkeit mit ihrem Vater wiederzufinden, die ihnen erlaubte, sich auszumalen, wie dieser in den fünf Jahren, in denen sie ihn nicht gesehen hatten, gealtert sein musste. Weil er der Bruder eines Mannes war, den sie nicht mochten, war Henri einem irrationalen Misstrauen von Seiten seiner Nichten, ihrer Kinder und ihrer Männer ausgesetzt. Im Unterschied zu seinem Bruder hatte er allerdings niemanden auf einem Floß in Seenot mitgenommen oder am Leben gehindert, nur weil derjenige nicht verheiratet war. Dieser zerbrechliche eingefleischte Junggeselle mit seinen langen dünnen Beinen, dem länglichen Gesicht und dem Mund, der häufig geöffnet war, wie bei einem Schläfer, war nur fünfundzwanzig Jahre älter als Alice, und dennoch hatte sie den Eindruck, dass sie ein ganzes Jahrhundert trennte.

»Und wie ist das Wetter in La Baule?«, fragte Clothilde und schlug auf die schlaffen Sofakissen, wodurch sie Tausende von Pailletten silbrigen Staubs freisetzte.

»Na ja, als ich heute Morgen abgereist bin, fiel Schneeregen«, erwiderte Henri großmütig und geduldig.

Ein paar Jahre zuvor hatten Clothilde und Pierre sich darum gekümmert, sein in einem Kiefernwäldchen gelegenes Haus zu verkaufen, das er nicht mehr unterhalten konnte. »Ein gutes Geschäft«, hatte Clothilde damals gesagt, die sich endlich einmal bemüht hatte, für jemanden ein Objekt mit Gewinn statt mit Verlust zu verkaufen. Und so lebte dieser Anzugträger nun in einer Drei-Zimmer-Wohnung »an der Strandpromenade« zwischen brasilianischen Badeanzügen, Surfbrettern und eingeölter schlaffer Haut weiterhin wie in seiner Glanzzeit und ignorierte den touristischen Krach, der auf seinen Balkon drang. Er nahm es seiner Nichte, der »Immobilienmaklerin«, übel, dass sie ihn in eine »grässliche« Wohnung inmitten lärmender Urlauber aus Nantes verfrachtet hatte, die ihm halbnackt, erhitzt und voller Sand im Lift begegneten, in dem es während der Saison widerlich nach künstlichem Kokosnussaroma roch. Im Winter hatte er Angst, ganz allein in seinem windumtosten Adlerhorst. Er las schwere Romane, hörte Beethoven-Symphonien und verschlimmerte sein Glaukom, indem er Reproduktionen von Meistergemälden in Luxuseditionen studierte, die ihn sein Haus gekostet hatten. Alice hatte Respekt vor seiner Dickköpfigkeit. Sie hätte die Verbündete dieses exzentrischen Onkels sein können, doch beide stießen den anderen zurück, wie Autodidakten es häufig tun, da sie ihrer selbst nicht sehr sicher und eine Spur zynisch sind und es nicht mögen, sich in den Annäherungswerten des anderen wiederzuerkennen. »Sein Leben ist einen Dreck wert«, pflegte Clothilde zu sagen, die es erbärmlich fand, wie er ständig versuchte, die Blicke auf sich zu ziehen, um über seine »Steckenpferde« zu reden. Man mied ihn wie einen Veteranen oder einen Penner, und nur Alice fand die etwas wirren Äußerungen dieses langweiligen Mannes manchmal interessant. Er nannte sich »Spezialist unter Amateuren, Amateur unter Spezialisten«, ein Satz aus einem Film von Fellini, den Alice ihm eines Tages »geliehen« hatte und den er als seinen eigenen verkaufte.

Man ging zu Tisch. Madame Grolier hatte ihren Hackfleischauflauf Parmentier gemacht, und Pierre hatte aus dem Keller einen Chinon geholt, den er besonders liebte. Es herrschte Feierstimmung, man hatte vergessen, warum man hier war. Neben Alice sitzend, fragte Henri sie aus eigenem Interesse:

»Turpin de Crissé? Wie findest du ihn?«

Von Natur aus rebellisch, bemühte Henri sich, die Ignorierten, die Vernachlässigten, die Turpin de Crissés, geboren am falschen Ort zur falschen Zeit, dem Vergessen zu entreißen. Alice kannte den Maler nicht besonders gut. Sie sah undeutlich antike Säulen, römische und venezianische Landschaften vor ihrem inneren Auge, ein Freund von Ingres, von Joséphine. Henri fuhr fort:

»Ich habe eine Retrospektive in der Stadt gesehen. Wusstest du, dass er aus der Gegend ist?«

Clothilde versuchte ihrer Schwester zu Hilfe zu kommen und wollte ihrem Onkel noch etwas auftun, doch er verneinte mit einem genervten Kopfschütteln, ohne seine andere Nichte auch nur anzusehen.

»Wie läuft es im Louvre?«, fragte er lüstern lächelnd.

»Nicht schlecht«, sagte Alice.

Sie antwortete ihm mechanisch, erzählte von ihren Führungen, vom guten Willen ihrer Gruppen, von ihrer Nettigkeit. Es enttäuschte ihn, aber das war nicht Alices Problem, die innerlich längst durch das Fenster geflohen war, unendlich müde mit einem Mal, so sehr, dass sie sich wünschte einzuschlafen. Aus dieser Tiefe hörte sie Henris gedämpfte Stimme, der »Cézannes skandalöse Grüntöne« in manchen Fassungen der *Montagne Sainte-Victoire* tadelte. Anschließend sprach er von der *Arlésienne*, das »Werk eines Verrückten, dieses Gipsgesicht, vor dem grauenhaften, zerebralen gelben Hintergrund«. Manchmal warf Alice, aus dem Nichts hervortauchend, einen Namen ein, um so zu tun, als höre sie zu. Dann antwortete er: »Kenn ich nicht!«, »Degas, kenn ich nicht!«, mit einer Arroganz, die altmodisch und wie ein Bluff wirkte in einer Welt, in der niemand mehr akzeptierte, für einen Ignoranten gehalten zu werden, nicht einmal aus Spaß, dachte Alice. Beim Käse sagte er in das Schweigen hinein, das am Tisch herrschte, »wenn er Bilder von Odilon Redon betrachtete, hörte er Musik.« Daraufhin erhoben sich Paul und Victor in aller Eile von ihren Stühlen, die Serviette vor dem Mund. Aus der Küche erklang Gelächter. Clothilde verschwand ebenfalls und schloss die Tür hinter sich, so dass man nichts mehr hörte.

»Gibt's was Neues von Marie-Louise?«, fragte Henri daraufhin einen gequälten Pierre, der Spott nicht leiden konnte, und das aus gutem Grund.

»Tante Figue kommt gleich.« Pierre blickte auf seine Uhr, faltete sich auseinander wie ein langes Reptil und ließ Alice und den Onkel allein im Esszimmer zurück.

»Das ist schon alles ziemlich traurig ...«, sagte Henri seufzend. »Eure arme Mutter ...«

»Meine arme Mutter ist an ihren Exzessen gestorben«, sagte Alice und malträtierte ein Stück Orangenschale auf ihrem Teller.

»Mein Bruder hat diesen ganzen Schlamassel zu verantworten«, ergänzte Henri.

»Da bin ich mir nicht so sicher«, beendete Alice das Gespräch.

Sie hatte keine Lust, über ihre Eltern zu sprechen. Seit ihrer Kindheit hatte sie die Zähne zusammengebissen. Der Pakt, den ihre Mutter mit dem Teufel geschlossen hatte, stellte alle Erwartungen, Hoffnungen, Kompromisse in den Schatten. Die Verantwortung eines jeden war von der Macht dieses Bündnisses hinweggefegt, annulliert worden. Alice sah die starrköpfige Frau wieder vor sich, die Zigarette ein Teil ihrer rechten Hand, wie ein sechster Finger, abwechselnd lachend und weinend, Schauspielerin eines Melodrams, das für sie allein gespielt wurde. Zwei oder drei missglückte Selbstmordversuche hatten ihr erlaubt, Frieden zu finden, nichts mehr erklären zu müssen, weil sie seitdem Angst einflößte. Clothilde war die

Bessere, wenn es darum ging zu erkennen, ob sie getrunken hatte oder nicht. Sie brauchte nur zu hören, wie ihre Mutter sich am Telefon mit »hallo« meldete, ihr Lächeln zu sehen, wenn sie nach der Schule die Haustür öffnete, oder ihr Klavierspiel im Wohnzimmer zu hören. Alice ließ sich häufig täuschen oder wollte es nicht wahrhaben. Erst wenn es schon zu spät war, nahm sie, auf den Knien ihrer Mutter sitzend, den widerlichen Alkoholgeruch wahr und hörte das seltsame Lachen dieser gespaltenen Frau, die später schließlich nur noch die ganze Zeit die andere war, die Verabscheuungswürdige. Alice hatte die Schande nicht vergessen, die es bedeutete, eine Mutter zu haben, die in den Läden zu laut sprach und überall und vor jedem außer Kontrolle geriet, sich urplötzlich in ein schwachsinniges Kind verwandelte. Als Clothilde aufs Gymnasium ging, durfte niemand zu ihr nach Hause kommen. Ihre Schulfreundinnen kannten ihre Mutter nicht, die damals bereits keinen Klavierunterricht mehr gab und »schon mittags voll wie eine Haubitze« war, laustark für die gesamte Nachbarschaft die Symphonien von Mozart spielte und jedem, der es hören wollte, ihre Kommentare einer irregeleiteten Musiknärrin in die Ohren brüllte oder Karajan nachahmte, ihren Lieblingsdirigenten. Damals weinte Alice noch, Clothilde nicht mehr, die mit ihrer Mutter sprach, als wäre sie ihre Tochter, eine Tochter, die log, von zu Hause weglief, cholerisch war und die sie rücksichtslos ins Bett brachte, angezogen und um drei Uhr nachmittags manchmal. Vierundzwanzig Stunden später wachte die Mutter dann auf, wieder in Form und bereit, von vorn zu beginnen.

»Alice? Kuchen?«, hörte sie.

Alice kehrte in die Welt zurück und betrachtete das Familienidyll um sich herum, das weder ihre Mutter noch ihr Vater hatten zerstören können und das ihre Schwester, die das alles überlebt hatte, wie eine Pflanze in schlechter Erde zum Wachsen gebracht hatte. Sie war den Tränen nahe, beherrschte sich aber.

Sie tranken den Kaffee im Wohnzimmer. Die Erschöpfung eines zu schweren Essens kaschierte die Niedergeschlagenheit angesichts des bevorstehenden Nachmittags, dessen Grauen lediglich Clothilde schon im Voraus ermessen konnte. Den Jungs hatte sie geraten, nicht mitzukommen, denn »es bringt überhaupt nichts, einen Toten zu sehen«. Ihrer Schwester jedoch, die am liebsten bis zum Abend verschwunden wäre, wollte sie das nicht ersparen. Sie mussten Onkel Henri wecken, der auf dem Sofa eingeschlafen war, ohne dass es jemand bemerkt hatte. Die traurige Alice versank in düstere Gedanken über das Alter – und ihr Scheitern, sollte auch sie sich jemals in Gegenwart der anderen vergessen und Musik vor Stillleben hören.

Sie fuhren getrennt in die Stadt. Clothilde wich Alice nicht von der Seite; vermutlich traute sie ihr immer noch zu, Reißaus zu nehmen. Der Himmel senkte sich in rasender Geschwindigkeit auf die feuchte Landschaft herab, die den Marktflecken etwa fünfzehn Kilometer von der Stadt trennte. Onkel Henri folgte ihnen, mit beiden Händen das Lenkrad umklammernd. Im Wagen vor ihm sah er die Köpfe der Schwestern aufragen, den einen sehr hoch, den anderen kaum sichtbar. Er erinnerte sich an früher, als man ihm in den Ferien seine Nichten anvertraute, weil man sie »schließlich nicht zwei Monate ins Ferienlager schicken« wollte. Er betreute sie, wenn Marie-Louise alias Tante Figue sie nicht in der Normandie aufnehmen konnte. Sie hatte stets den Vortritt, vermutlich weil sie eine Frau war. Die Jüngere hätte er gern öfter bei sich gehabt, er mochte dieses Mädchen, das immer lächelte. Aber es war unmöglich, sie ohne die andere zu sehen, »die Bohnenstange, die zur Bulldogge wurde, sobald man sich ihrer Schwester näherte«. Und außerdem, das wusste er, gingen sie lieber zu ihrer Tante, die fröhlicher war, zu der »alten Zimtzicke« mit ihrem Luxusschuppen, ihrer Köchin, ihrer Gouvernante und »ihrem lieben Honoré«. Henri war dem Kampf nicht gewachsen gewesen und hatte aufgegeben. Ein paar Jahre später erlebte er die Rückkehr seiner Nichten, die plötzlich der Strand und die Discos von La Baule lockten. »Sie kennt Turpin de Crissé nicht wirklich«, dachte er. »Das wundert mich.« Die Kälte drang von draußen durch die Wagenfenster, der Onkel zitterte in seinem Clio, dessen Heizung schlecht funktionierte. Er dachte an den Tod, seinen, und dann an den dieser armen Marie-Claude, den man im Laufe der Jahre so oft vorhergesagt hatte, wie eine hartnäckig angekündigte Katastrophe, die dann erst viel später als gedacht eingetreten war. Und er erinnerte sich an das Gesicht seiner Schwägerin vor der Geburt ihrer Töchter. Sie war sehr hübsch, ein wenig maskulin, aber mit Charme. Sie trug Hosen, obwohl sie schöne Beine hatte, und rauchte dunkle Zigaretten ohne Filter, die grässlich stanken. Sie hatte ihre Kinder mit Angst im Bauch bekommen. Er erinnerte sich, dass sie sie jedem anvertraute, wobei sie das sanfte und freundliche Wesen der Kleinen rühmte. Anfangs trank sie noch nicht, da war sich Henri sicher, sie lachte gern zur Unzeit, »Clothilde übrigens genauso!«, doch nichts deutete darauf hin … Er umklammerte das Steuer fester, um sich zu beruhigen, denn das Bild seines Bruders verdeckte jetzt die Erinnerungen an ihre schreckliche Autorität. »Dieser Dreckskerl«, wiederholte Henri immer wieder, »dieser Dreckskerl«, wie ein Kriegslied, wie eine Mauer, auf die man steigt, um nicht mehr zurücksehen zu können, bis sie am Ziel waren.

Clothilde fuhr durch ein offenes Gittertor und parkte auf einem Parkplatz neben einem Betonklotz, vielleicht ein Schuppen oder ein Lagerhaus. Henri stieg aus dem Wagen, gelähmt wie von einem Schock, und folgte den beiden Schwestern, die ganz langsam gingen und auf ihre Füße blickten.

In der Eingangshalle kämpften drei Grünpflanzen gegen das dem Anlass entsprechende Grau an und erinnerten daran, dass es anderswo Leben gab. Drapierungen aus schwerem Stoff versuchten den Eindruck von Feierlichkeit zu vermitteln und den Geruch nach Desinfektionsmittel vergessen zu lassen. Pierre unterhielt sich in einer Ecke mit Tante Figue, die einen schwarzen Nerzmantel und wie ein russischer Bauer eine Nerzkappe trug. Er musste gleich wieder weg, hatte Termine mit den Hinterbliebenen anderer Toter, das war sein Alltag. Abends würde Clothilde in ihrem weißen Schlafzimmer ihrem Mann die Erlebnisse des Tages erzählen und sagen: »Es hat nicht lange gedauert!« Pierre würde sie fragen, warum sie ihrer Schwester das zugemutet habe, und sie würde antworten, »ich weiß nicht«, sich in ihrem Bett umdrehen und Pierre und seinen unangenehmen Fragen die kalte Schulter zeigen.

Tante Figue hatte ein Begräbnisgesicht aufgesetzt, womit sie alle in die richtige Stimmung brachte. Mit gespitzten Lippen küsste sie ihren Schwager und ihre Nichten, die dieses Kindheitsparfum wiedererkannten, mit dem sie sich früher besprüht hatten, im Badezimmer des Hauses in der Normandie, *Vol de nuit* am helllichten Tag. Die kleine Prozession folgte Clothilde mucksmäuschenstill. Alice begann etwas zu laut zu sprechen:

»Was ist da drin?«, fragte sie und deutete mit dem Finger auf die kleinen abgeteilten Räume, deren Vorhänge zugezogen waren.

»Tote«, murmelte Henri.

Alice entfernte sich von ihm, als hätte er eine ansteckende Krankheit, und ging zu Tante Figue.

»Was ist da hinter den Vorhängen?«, fragte sie erneut noch etwas lauter.

Tante Figue antwortete ihr mit starrem Blick, ohne die Stimme zu senken:

»Tote. Jedem der seine.«

»Wo ist unserer?«, entgegnete Alice.

»Kannst du nicht endlich still sein?«, rief Clothilde, während eine Frau den Vorhang vor einem kleinen Raum zurückzog. Alice konnte einen Sarg und mit granatfarbenem Samt überzogene Stühle erkennen.

Clothilde ging hinein, und Alice spürte, wie eine Hand sie von hinten in den Raum schob, wo sie plötzlich Auge in Auge ihrer Mutter gegenüberstand, die sie seit Jahren nicht gesehen hatte. Einen Augenblick verharrte sie reglos, dann sagte sie mit seltsam hoher Stimme:

»Das ist ja verrückt, ich erinnere mich gar nicht, dass sie so weißes Haar hatte, und man hat es ihr geschnitten, nicht wahr?« Sie blickte ihre Schwester herausfordernd an, wie nie zuvor. »Und dieses Kleid, also wirklich, das war doch sicher nicht deine Idee, Clothilde, oder?« Sie lächelte Tante Figue und Henri zu, die keinen Ton sagten, während sie die Tote betrachteten. »Also, es ist heiß hier drin, und dann dieser Geruch – um zu verhindern, dass sie verwesen? Übrigens, der Fleck, den sie da hat, schau mal, Tante Figue, da auf der Wange, ist das nicht der Anfang … Und wer hat diesen herrlichen Strauß geschickt?« Sie sah Clothilde an und fuhr fort: »Ich zieh meinen Mantel aus, hier drin hat es mindestens fünfzig Grad.« Dann lachte sie. »Schon komisch, so ein prächtig herausgeputzter Toter, das ist, als stecke man ein Holzbein in einen Schuh.« Sie näherte sich dem Sarg und befingerte den Satin, der den Kopf ihrer Mutter umgab. »Schön, dieses Lindgrün, Clothilde, du hast gut gewählt.«

Bevor Alice das Holz des Sargs und die Griffe eingehend inspizieren konnte, nahm Tante Figue sie am Arm und zog sie mit Gewalt aus dem Raum. Sie lockerte ihren Griff erst draußen auf dem menschenleeren Parkplatz. Alice schwankte zum Wagen und stützte sich dagegen, um sich aufrecht zu halten. Tante Figue machte auf dem Absatz kehrt, besann sich dann aber. Sie lehnte sich an den Alfa neben ihrer Nichte, die in der Ferne die Spitze der Kathedrale betrachtete. Sie schwiegen einen Moment. Alice zählte die pfeifenden Atemzüge ihrer Tante, die in ihrem Alter immer noch sündhaft teure englische Zigaretten rauchte, die nicht *light* waren und in goldenen Schachteln steckten. Von ferne bemerkte man nichts, doch so unmittelbar neben ihr stehend, wie Alice an diesem Tag, sandte sie alle möglichen Wellen und Ultraschalltöne aus und vibrierte wie die Umgebung eines Elektrizitätswerks.

»Hattest du gedacht, es würde dir nichts ausmachen?«, fragte sie schroff, während sie ihre winzigen schwarzen Lederhandschuhe aus ihrer Lacktasche holte. Alice weinte leise und hatte nichts zu sagen. »Diese Witzfigur«, fuhr die Tante fort, »war deine Mutter, selbst wenn du sie nicht mehr geliebt hast.« Sie schwieg einen Augenblick, blickte sich um und fuhr fort: »Das hier ist der hässlichste Ort der Welt. Aber warum weinst du eigentlich, Alice? Du weinst, weil du ebenfalls eines Tages sterben wirst. Und das war's dann. Du weinst, weil ein Leichnam nicht schön ist und stinkt und nie wieder sprechen wird. Ihr habt eure Welt ohne Gott gewollt, in der eine Leiche eine Leiche ist. Na schön, jetzt müsst ihr auch dazu stehen.«

Tante Figue ging um den Wagen herum und atmete die Luft ein, das Gesicht halb verdeckt von ihrer sehr russischen Kappe, die Augen zum Himmel erhoben, im Gespräch mit Ihm vielleicht. Dann blickte sie ihre Nichte an, die kreideweiß war in ihrem roten Mantel. Entspannter fuhr sie fort:

»Und warum ein so großes Ego? Nach drei Generationen sind wir auf ein paar wenige Sätze reduziert. Ich werde zu ›Tante Figue, die in Dieppe wohnte, die Frau von Honoré‹, deine Mutter wird nur noch ›Marie-Claude, die Alkoholikerin‹ sein und Clothilde die ›Aufsässige, die einen Notar geheiratet hatte‹. Eine Generation weiter, und niemand erkennt dich mehr auf den Fotos. Von mir wird man sagen: ›Wer ist denn diese kleine Dicke mit Glubschaugen, die da rechts auf dem blauen Sofa sitzt?‹« Alice lächelte, und Tante Figue fühlte sich beflügelt. »Weißt du, meine Schöne, man kann selbst das Nichts anziehend finden. Ich bin sicher, dass man es in gewisser Weise sogar angenehm finden kann, nichts mehr zu sein. Wir sind konditioniert, uns immer irgendwo zu sehen, hier, dort, im Paradies, in einem Loch, in kleinen Stücken im Bauch eines Regenwurms, aber ich denke, es kann beruhigend sein zu wissen, dass man nirgends ist.«

Alice sah ihre Tante nicht an. Die Augen immer noch auf den Kirchturm gerichtet, sagte sie:

»Warum hat meine Mutter nie mit dem Trinken aufgehört? Sie hätte es doch für uns tun können.«

Tante Figue veränderte seufzend ihren Gesichtsausdruck, während sie in ihrer Tasche kramte. Dann lehnte sie sich erneut neben Alice an den Wagen, näher diesmal, das Fell ihrer Pelzkappe berührte die Schläfe ihrer Nichte. Sie zündete sich eine Zigarette an, deren Rauch sich ausbreitete wie ein orientalischer Dunst und sie in ihre Wärme hüllte.

»Man tut nicht immer, was man will«, sagte Tante Figue.

»Wer's glaubt, wird selig!«, entgegnete Alice, eisern diesmal. Zu oft hatte sie die alte Leier über die Unverantwortlichkeit, die Krankheit gehört.

»Deine Mutter war schwach, unzufrieden von klein an. Immer waren die anderen schuld, ich, unsere Eltern. Sie hatte beschlossen, dass sie ein Opfer sei. Ich weiß nicht, warum sie so war. Du hast recht, man kann immer, man kann immer.« Sie schwieg und fuhr dann fort: »Aber François, dieser Idiot, hat ihr nicht geholfen, glaub mir.« Tante Figue schluckte genervt den Qualm ihrer Zigarette. »Und außerdem«, fügte sie hinzu, »wart ihr beiden keine sehr sympathischen Mädchen. Du ein bisschen mehr als deine Schwester vielleicht …«

»Wir waren, was man aus uns gemacht hat«, erwiderte Alice, die den Kopf drehte und das glänzende Fell der schwarzen Kappe vor sich sah.

»Siehst du, du argumentierst genau wie deine Mutter«, sagte Tante Figue und rückte von ihrer Nichte ab.

»Ich spreche von mir als Kind, aber ich habe mich verändert, ich habe begriffen. Ich bin kein Wrack geworden, und Clothilde auch nicht.«

»Dann freu dich.« Tante Figue sah Alice an und schenkte ihr ein strahlendes Lächeln, das ihre Unterhaltung beendete. »Ich geh wieder zu den anderen«, fügte sie hinzu.

Alice sagte ihr, dass sie zu Fuß in die Stadt gehen und mit dem Regionalzug zurückfahren würde. Aus der Ferne hatte sie einen Wagen kommen sehen, der sie an den des Direktors des Konservatoriums erinnerte. Da sie nicht die geringste Lust hatte, mit irgendjemandem zu reden, verließ sie unverzüglich den Parkplatz und lief durch die Altstadt ins Zentrum, das mit Halsketten aus Licht behangen war wie eine abgehalfterte Casinolady. Sie stürzte sich in den lärmenden Weihnachtstrubel eines großen Kaufhauses, als besuchte sie ein ausgelassenes Fest, fand Weihnachtsgeschenke und kaufte sich ohne sie anzuprobieren eine Festrobe aus schwarzem Samt: eine Hommage an Tante Figue und ihren angeborenen Sinn für das Leben.

Im Zug suchte sie sich einen Platz am Fenster und verteilte ihre Pakete wie Sandsäcke in Kriegszeiten um sich herum. Es amüsierte sie, dass die anderen in dem spärlich besetzten Wagen sich ebenso verhielten und kein Fensterplatz mehr frei war. Jeder wollte als Kenner die Landschaft und diese seltene Atmosphäre eines langsam fahrenden Zuges genießen, der artig überall hielt. »Ich bin kaputt«, dachte

Alice. Sie beneidete ein Mädchen, das Schokolade aß. »Ich bin kaputt, und ich hab Hunger …«

Sie schloss die Augen und fragte sich, wo Vincent und die Kinder sein mochten, die sie immer auf einem Plan situieren musste. Sie freute sich, die drei, die ihr praktisch alles bedeuteten, bald wiederzusehen. Würde Iris anständige Kleidung für die Beerdigung haben, und wie würde Charles vor dem Sarg reagieren? Ebenso schlecht wie sie möglicherweise. Das Telefon vibrierte in ihrer Tasche.

»Hallo?« Die heisere Stimme eines Picasso, der seit Stunden mit niemandem gesprochen hatte. Er räusperte sich und fragte, was es Neues gebe.

»Ich bin in der Aufbahrungshalle ein bisschen ausgerastet«, erzählte Alice ihm.

»Ich verstehe«, erwiderte der Inspektor, gegen alle Erwartung.

»Wo sind Sie?«

»Ich bin in einem Café.«

»Wo?«

»Ich habe nicht auf den Namen geachtet. An einem Platz, gegenüber einem großen weißen Gebäude. Da ist ein Karussell …«

»Sie sind am Theaterplatz«, sagte sie, amüsiert von der Vorstellung, dass der Inspektor die Stätten ihrer Jugend besuchte.

»Ist das Café okay?«, fragte Picasso ein wenig ironisch, wegen der Crêperie, der Sekte und all diesen verbotenen Orten in Provinzstädten.

»Ja«, sagte Alice lachend. »Und heute Abend?«

»Ich esse mit einem Inspektor von hier zu Abend.«

Er tischte Alice die gleiche Lüge auf wie ein paar Minuten zuvor Hélène. Er hatte nichts vor und schämte sich deswegen. »Ein Mann, der nichts vor hat, ist am Ende.« Wer hatte das als Erster gesagt? Er, Hélène? Im Grunde war es egal, denn worauf es ankam, war, den anderen Sand in die Augen zu streuen.

»Wir sehen uns morgen.«

Er beendete das Gespräch, unglücklich. Diese Frau war, er hätte es nie gedacht, sehr umschwärmt. Das Bild, das er von Alice in seinem Büro gewonnen hatte, wo sie noch zugedröhnt und völlig neben sich gewesen war, verblasste allmählich. Dennoch klammerte er sich daran, weil die andere, die nach und nach an ihre Stelle trat, mit Leibwache, ihn nicht brauchte, wie er wohl oder übel einräumen musste.

6

Alice ging über die Dienstbotentreppe in ihr Zimmer hinauf, versteckte ihre Pakete wie eine Frau, die von einem Ehemann ausgehalten wird, der reicher ist als sie, und schlief ein, umgeben von Waschmittelgeruch auf dem Kopfkissen, das Madame Grolier energisch geglättet hatte. Sie träumte von ihrer Mutter, die im Traum die Züge ihrer Tochter angenommen hatte. Sie trug ihr schwarzes Samtkleid und ihre roten Turnschuhe. Ein aufgeregtes »Mama« riss sie aus einer Diskussion mit ihrem Vater, der sie für seine Frau hielt.

Sie sah Charles, Vincent und Iris in das dunkle Zimmer kommen, nacheinander, wie eine Familie, begleitet von einem komischen Küchengeruch. Charles setzte sich auf das Bett, Vincent legte sich neben sie.

»Was gibt es zu essen?«, fragte Alice und streichelte sanft die Wange von Charles, der, ein Auge geschlossen, mit dem Finger den Umrissen der Blumen auf der Tapete des Zimmers folgte.

Iris setzte sich mit einem kostbaren Stück ihres Hinterns auf das Bett und betrachtete unendlich glücklich ihr Ebenbild im Spiegelschrank. Mit der flachen Hand strich sie ihr widerspenstiges Haar glatt, entzückt über seine glänzende Blondheit, und betrachtete verliebt ihr Dreiviertelprofil.

»Fondue«, sagte Vincent mit geschlossenen Augen.

Iris stand jetzt seitlich vor dem Spiegel und beurteilte mit der Gewissenhaftigkeit eines Geometers den Abstand zwischen ihrem Bauch und der oberen Linie ihrer Hose. Dann drehte sie sich um sich selbst, lächelte ihrem Spiegelbild zu, in ihrem Haar gefangen wie in einem Spinnennetz, und lachte drauflos, als sei sie allein mit dem Typen, den sie da gerade durch den Spiegel hindurch verführte. Vincent schlief ein, und Charles irrte weiter auf dem Teppich umher, behielt dabei aber ganz genau die Vorstellung seiner Schwester im Auge. Alice ließ ihre Luftblase platzen, erhob sich mit einem Satz und verließ ein wenig genervt das Zimmer. Es war immer das Gleiche, sie wollten sie dabeihaben, und das war's.

Unten machten Paul und Victor einen angeödeten Eindruck. So war das eben zwischen den Kindern der beiden Familien. Es gab Augenblicke, in denen sie zu Stadtratten und Feldratten wurden.

»Misch dich da nicht ein«, flüsterte Clothilde im Vorbeigehen, dicht gefolgt von Tante Figue, die zu beschäftigt war mit ihrer Zigarette und ihren Anekdoten, um Clothilde in der Küche zu helfen. Sie nutzte die Ankunft der anderen Schwester, um sich ein neues Publikum zu suchen. Pierre schlug vor, sich zu Tisch zu begeben, die Jungs am einen Ende, Tante Figue zwischen den beiden Männern und Henri als geschlechtsloser grauhaariger alter Mann auf dem Ehrenplatz, dem des Stummen. Alice, die ihrer Tante gegenübersaß, fand, dass Figue auch ohne ihre Kappe immer noch eine solche zu tragen schien. Ihr Haar bauschte sich über ihrer Stirn wie gefärbte und sorgfältig gekämmte Putzwolle. Sie wählte einen Fonduespieß mit blauer Kugel.

Pierre hantierte an dem Rechaud herum, der das Öl in der Kasserolle heiß halten sollte. Ein intensiver stummer Dialog entspann sich zwischen ihm und seiner Frau: »Der spinnt schon wieder«, »ich hab dir ja gesagt, kauf einen neuen«, »versuch es noch mal, wir haben ihn lange nicht benutzt«. Alice spürte, dass ihre Schwester an diesem Abend fertig war, gewiss überfließend vor Liebe für sie alle, aber frustriert, weil es ihr nicht gelang, sie anders zu zeigen als durchs Füttern.

Tante Figue erzählte von Honoré, das war ein Ritual. Ihre Generation liebte die Toten und reservierte ihnen einen Platz bei Tisch, beweinte sie aber nicht.

»Ich habe ein Angebot für sein Boot bekommen«, sagte sie und blickte die Jungs an.

Jeder wusste, dass Victor und Paul auf das Segelboot scharf waren. Tante Figue war sich der Anstrengung bewusst, die es sie kostete, das teure Boot ihres teuren Honoré nicht einfach so den beiden Bohnenstangen ihrer schlimmeren Nichte zu überlassen. Sie ließ sich Zeit und amüsierte sich mit dem erschöpften Verlangen ihrer Neffen wie eine Katze mit einer sterbenden Maus.

Alice erinnerte sich an den Schock auf Honorés Beerdigung. Nicht die Trauer hatte alle stumm gemacht, sondern die Stimmung. Figue hatte seinen letzten Willen respektiert, bei seinen Glaubensgenossen beerdigt zu werden, im jüdischen Bereich des Père Lachaise. Honoré, der einen anderen Namen angenommen hatte, dessen ganze Familie in Auschwitz vergast worden war und der nie mehr als zwei Brillen zusammen oder zwei Paar Schuhe nebeneinander sehen konnte, ohne an die Lager zu denken, hatte sich eine Existenz als geachtete Persönlichkeit in der Normandie geschaffen, mit Segelboot aus Teak, Kapitänsmütze und Bridgeturnieren. Figue hatte ein Ersatzleben für seine Familie erfunden. Sie hatte es wunderbar verstanden, alle Toten zu ersetzen und wie im Theater sämtliche Rollen – Männer, Frauen, Alte und Kinder – zu spielen aus Liebe zu diesem Mann, der eine Trauer ohne Gesichter, ohne Fotos, ohne Daten und ohne Gräber trug. Es war niemals darüber gesprochen worden, und jeder hörte wie gelähmt, unvorbereitet, fassungslos, an jenem Novembermorgen vor zehn Jahren diesem Kaddisch zu. Die ganze Familie wusste, dass Honoré Jude war, aber niemand hatte dieser Tatsache bis dahin weiter Beachtung geschenkt. Seit der Beerdigung betrachtete man Tante Figue nicht mehr auf die gleiche Weise, denn sie hatte eine ganz andere Geschichte erlebt, als man gedacht hatte. Jeder hätte ihr gern Fragen gestellt über Honoré, den Juden, doch keiner hatte sich damals getraut, und je mehr Zeit verging, umso weniger traute man sich, und irgendwann wurde die Akte geschlossen. »Mein teurer Honoré« bezog sich von nun an auf den Sonntagsskipper, der mit aufgeweichter Gauloise und gegerbter Haut zu den englischen Küsten hinaussegelte, während Tante Figue, die häufig von »Englandsehnsucht« gepackt wurde, per Fähre folgte, unerschütterlich mit Grace-Kelly-Schal und Dunhill-Zigarette an Deck stehend. Völlig auf sich selbst bezogen, hatten Figue und Honoré keine Kinder bekommen, sondern stattdessen die ganze Welt erschlossen, immer im Kampf gegen Steilküsten, Winde und Gezeiten.

»Ein wenig Wein, Alice?«

Pierre schenkte ihr ein, ohne eine Antwort abzuwarten. Tante Figue zog alle Aufmerksamkeit auf sich, Vincent langweilte sich, war in Gedanken woanders und trank zu viel, und Iris betrachtete ihren Cousin Paul wie den anderen vorhin im Schlafzimmerspiegel. Clothilde ließ sich gehen, ein Alarmsignal.

»In Dieppe haben wir das gleiche Problem …«

Tante Figue war ein kleines Persönchen mit großem Mund, großen Augen, kräftiger Stimme und einem extravaganten Gesicht, das hocherhobenen Kopfes der Zeit trotzte und keine Gedächtnislücken und kein Zögern kannte. Mit Henri teilte sie, und das war es auch schon, eine gewisse Verachtung für mehr oder weniger alles. Statt »bitte« sagte sie, »ich bitte Sie«, und verstand sich ausgezeichnet darauf, jede Situation zu ihren Gunsten zu wenden. Selbst ihre Hautkrankheit, deren Namen Alice sich nicht merken konnte, »ein Wort auf o, wie eine Stadt in Südamerika«, war eine vorteilhafte Kuriosität geworden.

Flecken in wechselnden Formen, ein bisschen wie das Fell einer Kuh, färbten ihre Haut weiß. Eines Tages würde sie ganz weiß sein. Bis dahin beobachteten alle voller Spannung ihre noch zweifarbigen Hände. »Ich trage ein Kunstwerk auf der Haut«, pflegte sie zu sagen, *»a work in progress«*, eine Hommage an ihre Anglophilie. Die Kinder verfolgten den Krieg der Farben auf den Händen ihrer Tante, sie hatte damit Mode gemacht. Von Iris, die sie nicht ausstehen konnte und sich weigerte zu erklären, warum, wurde Tante Figue »Klotz am Bein« genannt. Bei Tisch hielt sie Hof, wie es ihre Art war, und das Abendessen verlief zum Klang ihrer Stimme eigentlich eher fröhlich, denn man würde die Tote erst am nächsten Tag beerdigen. Beim Dessert spürte Alice, wie ihr eine heftige Anwandlung von Liebe für diese kraftvolle Frau in die Augen stieg, die damals klug genug gewesen war, ihre beiden Nichten, die jeden Sommer bei ihr gestrandet waren, ernst zu nehmen. Dank Figues Rückendeckung fielen ihre Kindheitserinnerungen nicht ganz so schlecht aus, und das bedeutete den beiden blonden Frauen nicht wenig.

Alle halfen Clothilde beim Abräumen. Sie schwankte immer mehr, zerbrach eine Schüssel und verschwand in ihrem Zimmer, wohin Pierre ihr kurz darauf folgte. Sie kamen nicht mehr zurück.

Alice ging mit Vincent hinaus und ließ Figue und Henri im Wohnzimmer für eine hasserfüllte Partie Rommé allein. Und die Jugendlichen erprobten, wieder versöhnt, irgendwo im Haus ihre Beharrlichkeit gegen alle Erpressungen der Erwachsenen.

Draußen lag eine merkwürdige Feuchtigkeit in der Luft, ein Nebelgeruch, eine die Lungen angreifende Kälte, die die Sicht trübte. Alice wickelte ihren Schal fester um den Hals. Sie spazierten zu den Kais. Alice wartete darauf, dass Vincent etwas sagen würde. Er war ein schwieriger Mensch, der erstrahlte und erlosch wie ein Weihnachtsbaum und nur dann hell leuchtete, wenn es sich lohnte – um die Batterien zu schonen, dachte sie boshaft. Diejenigen, die ihn nicht kannten, fanden, dass sein Verständnis sich den jeweiligen Umständen anpasste.

»Ist dir kalt?«, fragte er Alice.

Vincent lief hinter ihr und dachte daran, dass er sie immer seltener sah.

»Nein«, erwiderte sie, ohne sich umzudrehen.

»Was ist heute Nachmittag passiert?«

»Ich habe den Anblick meiner Mutter kaum ertragen. Um ganz ehrlich zu sein, es war eher der Anblick eines Toten, ob nun meine Mutter oder jemand anderer, das hätte keinen Unterschied gemacht.«

»Glaubst du?«

»Fang du nicht auch noch an. Ich empfinde keine Trauer, so sehr ich mich auch bemühe und in mich gehe, ich empfinde einfach keine Trauer.«

»Weißt du, wir alle übertragen eigentlich immer nur … es wäre logisch, dass du traurig bist.«

Alice schwieg. Auf den Kais herrschte Eiseskälte, und der Fluss bewegte sich wie ein Mann in einer unheilvollen Stille vorwärts. Vincent nahm sie in die Arme. Über seine Schulter beobachtete sie, wie jemand in der Ferne ein Rollo herunterließ und ein Licht ausging.

»Hier fällt irgendetwas«, sagte sie.

Vincent seufzte und löste seine Umarmung.

»Du hast recht, es schneit.«

Sein Handy klingelte, er entfernte sich. Alice sah winzige Flocken vor dem nachtblauen Hintergrund herumwirbeln und zu Boden sinken. Sie liebte den Schnee über alles. Den echten Schnee, den gemalten Schnee, den fotografierten Schnee, in der Stadt, im Gebirge, den Schnee in den Plastikkugeln, den auf die Tannen gesprühten Schnee. »Man versucht mir etwas zu sagen«, dachte sie, und diese Hinweise waren etwas ganz Besonderes für sie, vielleicht aus der Müdigkeit heraus entstanden, die ihre Abwehrmechanismen außer Kraft setzte, ihre Prinzipien aufweichte. Vincent beendete das Gespräch. Sie setzte sich neben ihn auf eine Bank, die eher zum Sommer passte und mit Reif überzogen war.

»Ich muss morgen Abend in Paris sein. Ich werde Heiligabend nicht da sein, ich komme erst am 25. morgens zurück«, sagte er neutral.

Seit fast zwanzig Jahren lebte Alice nach dem Rhythmus von Vincents Reisen, den Koffern in der Diele, der schmutzigen Wäsche voller Schlamm, Sand, anderen Orten. Bei ihnen zu Hause schrieb man mit Drehbleistiften aus jordanischen Hotels auf Blöcken der Europäischen Gemeinschaft, man wusch sich mit Seife aus chinesischen Hotels, und im Winter schlief man mit Socken von Air

France. Es war unmöglich, Vincent zu vergessen, der abwesend anwesend war. Clothilde hatte, als sie bei ihnen in Paris war, eines Morgens gesehen, wie ziemlich angeschlagene fliegende Ameisen zu dritt oder viert auf dem Parkett durchs Wohnzimmer liefen. In Vincents Koffer aus Afrika mitgekommen, hatten sie ihre letzten Stunden ein paar Metrostationen vom Eiffelturm entfernt verbracht.

»Ich weiß nicht, wie du das aushältst«, hatte sie gesagt, beunruhigter über die häufige Abwesenheit ihres Schwagers als über die kongolesischen Ameisen.

»Schön. Dann bleib ich über Weihnachten hier, und du stößt einfach zu uns.«

Alice war nicht unglücklich darüber, nicht mit Vincents Familie feiern zu müssen, bei der sie jedes zweite Weihnachten verbrachten. Sie hatte es sich mit allen verdorben, als sie sich geweigert hatte, ihre Sorgen, wenn Vincent sich Gefahren aussetzte, mit ihnen zu teilen. Ihre Ruhe wurde als Gleichgültigkeit ausgelegt, denn in Vincents Familie konnte sich niemand vorstellen, dass all seine Kriege »Kinderkram waren«, verglichen mit dem familiären Psychodrama, das sie mitgemacht hatte. Alice wusste, dass sie alles ertragen konnte, sie hatte genug gelitten. Ihr Überlebensinstinkt verbot ihr, starke Gefühle zuzulassen.

»Es ist saukalt«, sagte Vincent.

»Ja, aber es ist schön. Sieh nur.« Sie hob den Kopf, streckte die Hände aus, und Schneeflocken schmolzen auf ihren Handflächen zu kaltem Wasser. »Der Schnee ist eine Illusion«, sagte sie.

Mit solchen Sätzen überraschte Alice Vincent stets aufs Neue.

Sie sprachen über die Kinder, nett und freundlich, das lief immer gut. Vincent stellte Fragen, Alice erzählte.

»Wohin musst du?«, fragte sie etwas später.

»Nach New York, ein UNO-Gipfel.«

»Wer wird da sein?«

»Die Üblichen. Sureleau, Massin, Lelièvre, Hersch.«

Alice hustete.

»Wirklich? Woher weißt du das?« Vincent sah sie überrascht an. „Hersch macht doch solche Reportagen normalerweise nicht.«

»Sie hat mich heute Morgen angerufen, sie ist wegen einer anderen Sache in New York, sie arbeitet im Auftrag von *Paris Match*.«

»Weswegen hat sie dich angerufen?«

»Um mich zu bitten, ihr das Objektiv mitzubringen, das sie mir geliehen hat. Alice? ...«

Alice stand abrupt auf, drehte sich in der schneidend kalten Luft und tat so, als freue sie sich über den Schnee, um ihre Überraschung zu verbergen. »Die blöde Kuh« hatte nichts gesagt und würde auch nichts sagen. Alice war hin- und hergerissen zwischen Bewunderung und Hass. Diese Frau handelte entweder aus Gleichgültigkeit oder aus Anstand so, und beides war unerträglich.

»Gehen wir zurück?«, flehte Vincent.

Im Wohnzimmer gewann Henri gerade, die Atmosphäre war zum Schneiden. Als Alice und Vincent am Zimmer der Jungs vorbeikamen, hörten sie überrascht das näselnde Röcheln von Bob Dylan und Geflüster, es wurde geraucht da drinnen. »Die knöpf ich mir morgen vor«, beschloss Alice. Sie liebten sich in der Dunkelheit des Schrankzimmers, um sich aufzuwärmen. Dann hörte Alice, gedämpft durch drei oder vier Wände, Dylans nasale Stimme, die sie an ihre Reinfälle mit Typen erinnerte, die weitaus schlechter aussahen als Vincent, diese »Gräten«, die einem für immer im Hals stecken bleiben, unlösbare Rätsel. »*I'm not the one you want, babe, I'm not the one you need.*« Sie dachte an ihre verlorene Jugend, an Clothilde, die so schön gewesen war, und an Picasso, der ebenfalls jung gewesen war, anderswo, mit seinen alten Eltern. Damals tat sie so, als liebte sie Dylan, weil er hoch im Kurs stand, doch im Grunde verstand sie diesen Typen, »der immer das gleiche Lied sang«, überhaupt nicht.

»Mein armes Mädchen«, erwiderte Clothilde dann und blickte zum Himmel.

I want you, I want you,
I want you so bad,
Honey, I want you.

Alice döste sanft ein, umhüllt vom Körper ihres Mannes.

7

Es wurde mehrmals hintereinander Frühstück serviert, Telefone klingelten, Wasserhähne liefen, Kaffeemaschinen rülpsten. Türen wurden geschlagen, und Blicke verloren sich in dem vor Raureif glitzernden Wintergarten, bevor man bemerkte, dass jemand fehlte.

»Wo ist Alice?«, fragte Vincent die vier Gestrandeten vom Vorabend.

Iris schnitt eine Grimasse, die Victor übernahm. Paul blickte aus dem Fenster, und Charles machte sich Sorgen, das war typisch für ihn und seine Art, die Welt zu verstehen. Man suchte sie vergeblich, und so zog Clothilde schließlich ihren Mantel an und stürmte mit einem »so kommt sie mir nicht davon« aus dem Haus, das nur Pierre als böses Vorzeichen verstand.

Sie durchkämmte den Marktflecken. Alice, die an einem Fenster des Bistros in der Nähe der Kais saß, sah ihre Schwester auf sich zukommen, blass und im Selbstgespräch. Und Clothilde registrierte Alices idiotisches Lächeln und das leere Bierglas auf dem Tisch.

»Kommst du?«, fragte Clothilde, vor ihr stehend, die Hände in den Taschen.

»Immer mit der Ruhe!«

Alice blickte zum Kellner und bedeutete ihm, ihr noch ein Bier zu bringen. Clothilde seufzte und setzte sich ihrer Schwester gegenüber.

»Willst du ihr so die letzte Ehre erweisen?«, fragte sie und deutete mit dem Kinn auf das Glas.

Alice sah sie scharf an, zum ersten Mal überhaupt, mit einer Mischung aus Arroganz einem Vorgesetzten gegenüber und kindlicher Verzweiflung.

»Ich denke, ich werde heute Nachmittag nicht kommen.«

Clothilde brach in ein böses Gelächter aus, das nicht unbemerkt blieb.

»O doch, meine Liebe! Und wenn ich dich an den Haaren hinschleifen muss! Und du wirst nicht nur kommen, sondern du wirst dir auch die Beileidsbekundungen und diesen ganzen Schwachsinn anhören, ohne mit der Wimper zu zucken. Ich will keinen Fauxpas, hörst du, du bist hier nicht in Paris, du steigst hier nicht in Wasserbecken und steckst niemandem die Bude in Brand.« Clothilde bereute es schon, zu spät. Sie machte dem Kellner ein Zeichen. »Einen Weißen.«

Sie schwiegen. Alice betrachtete die Homeshopping-Sendung auf dem stummen Bildschirm. Der Kellner stellte ein Glas mit grünlichem Wein vor Clothilde ab.

»Ich musste gestern Abend daran denken, dass sie uns nie das Klavierspielen beigebracht hat.«

»Das Klavierspielen nicht, und auch sonst nichts. Lass gut sein, Clothilde…«

»Du hast recht. Man versucht zu verstehen, doch im Grunde …«

Clothilde und Alice verloren sich jetzt in der Betrachtung eines Sportgeräts, präsentiert von einem sportlichen Mädchen in einem enganliegenden glänzenden Trikot mit Shorts, das trotz der Anstrengung lächelte und in die Kamera blickte, als mache ihm das nicht das Geringste aus. Danach präsentierte eine Frau mittleren Alters mit Taschenspielergesten Crèmetöpfe in verschiedenen Größen.

»Alles in Ordnung?«, fragte Pierre, die Hand auf der Schulter seiner Frau.

Clothilde zuckte zusammen. Die Wohnzimmeratmosphäre der Homeshopping-Sendung, der Alkohol und die Ruhe des Cafés hatten ihr vorgegaukelt, dass es nicht der besagte Tag sei. Die beiden Schwestern standen widerwillig auf und stiegen in den Alfa, der mit brummendem Motor auf dem Gehsteig stand.

Die Putzfrau hatte ein Buffet vorbereitet. Clothilde, die die Cornichons um eine Pastete drapierte, ließ ein Glas fallen.

»Ein Elefant im Porzellanladen!«, lästerte Pierre, der unter die Lebenden zurückgekehrt war.

Figue sagte, während sie sich eine winzige Portion geraspelte Karotten nahm, das sei der idiotischste Ausspruch der Welt.

»Ich habe in Asien Elefanten zwischen Eiern auf Zehenspitzen gehen sehen, um sie nicht zu zerbrechen.«

Charles lachte wie über einen guten Witz. Victor ging

zur Stereoanlage und wollte Musik einschalten, doch seine Mutter hinderte ihn mit einer Kopfbewegung daran. Um halb drei verstreuten sich alle wie ein Schwarm Spatzen und kehrten eingemummelt zurück, als wollten sie den Nordpol erobern.

Draußen stellten sie fest, dass es wieder schneite, diesmal noch dickere Flocken, die nicht auf den Motorhauben der Autos schmolzen. Da Clothilde es für richtig gehalten hatte, auf eine Messe zu verzichten, gingen sie zu Fuß zum Friedhof, vermutlich, um die Sache in die Länge zu ziehen. Bei ihrer Ankunft waren sie überrascht, dass so viele Menschen einer so kleinen Familie gegenüberstanden. Die Leute vom Konservatorium, vom Sanatorium und aus dem Ort »bildeten eine Versammlung, als sei nichts passiert«. Clothilde freute sich über die gelungene Atmosphäre. Alice kannte drei Viertel von ihnen nicht oder nicht mehr und wich Vincent nicht von der Seite. Der Schnee legte sich heimtückisch auf alles, jeder bekam seine weiße Mütze, und die Blumen verloren ihre Farben unter der Eiskristallschicht. Die Zeremonienmeisterin Clothilde freute sich auch über dieses Geschenk des Himmels, das den Friedhof verschönerte. Die beiden Gruppen vermischten sich, man begrüßte sich. Alice gab es einen Stich ins Herz, als sie bemerkte, dass Picasso, der, wie man es immer in den Filmen sah, etwas abseits stand, eingezwängt in seinen Mantel wie in eine Zwangsjacke, ihr vage zunickte. Ein Mann, den sie nicht gleich erkannte, näherte sich ihr. Er trug einen Gabardinemantel mit Goldknöpfen, der Militärmantel einer Armee von früher, den er weiß der Teufel wo gefunden hatte, und hatte langes graublondes, reifbedecktes Haar, das auf seinem Rücken irgendwie zu einem Pferdeschwanz zusammengebunden war. Er war ein gegen die Kälte eingemummeltes Knochengerüst, mehr ein Ausrufezeichen als ein Gesicht, ultramarinblau, unsympathisch, François Kantor, ihr Vater. Alice machte einen Schritt auf Clothilde zu, die sich gegen den Arm ihrer Schwester stemmte.

»Ich habe etwas zu sagen.«

Er holte ein zusammengefaltetes Blatt Papier aus seiner Manteltasche. Clothilde und Alice blicken zu seinen Füßen, die in grauenhaft ausgelatschten Turnschuhen steckten. Sie wollten auf gar keinen Fall Mitleid mit ihm haben, doch leicht war das nicht bei einer solchen Kälte. Der Hass konnte selbst nackte Füße im Schnee bedecken, jedenfalls für Clothilde, die es nicht fertigbrachte, normal mit ihrem Vater zu reden.

»Das ist nicht vorgesehen.«

»Ich wusste nicht, dass man sich anmelden muss«, erwiderte er und blickte Alice an, die mit den Augen Figue suchte.

»Was ist das?« Clothilde betrachtete das Stück Papier.

»Ein kleines Abschiedswort.«

Clothilde brach in ein grausames Lachen aus, das nach Alkohol roch, registrierte Alice, kurz davor, die Nerven zu verlieren. Figue erschien wie eine gute Fee.

»François«, sagte sie und gab damit seine Anwesenheit

auf dem Friedhof bekannt, als handelte es sich bei ihm um ein Krebsgeschwür, das ein Professor nach einer mehrtägigen Pause wiedersieht. Sie verstand es hervorragend, die Leute trotz ihrer geringen Größe von oben herab zu betrachten. Ihre schneeverzierte Kappe bebte vor Zorn.

»Marie-Louise, wie geht es Ihnen?«

Alice und Clothilde stellten fasziniert fest, dass die Stimme, die ruhige Arroganz, die Verachtung für die Bedeutung des anderen völlig intakt geblieben waren bei diesem Mann, der ihre Kindheit ruiniert hatte. Er war alt und zugleich ewig jung, wie diese orientalischen Weisen, die vertrocknen, aber niemals verwesen. Obwohl er nichts auf den Rippen hatte, fror er nicht, er befand sich inmitten einer kleinen Menschenmenge und war dort allein, er verabschiedete die Vergangenheit mit einer hochmütigen Handbewegung und betrachtete seine Töchter, als stünden sie noch immer Seite an Seite vor der Tür der Remise und warteten darauf, dass er ihnen aufmachte.

»Ich dulde keinen Skandal«, sagte Figue leise.

Henri näherte sich, gebeugt vor Sorge. Die Ähnlichkeit zwischen den beiden Brüdern zog die Blicke auf sie. Sie standen einander gegenüber, ohne ein Wort zu wechseln, jeder das reglose Spiegelbild des anderen. Jemand vom Bestattungsinstitut nahm Clothilde beiseite. Man scharte sich um das rechteckige Loch. Die Erde, hart wie Stein, schien kurz davor zu sein, Risse zu bekommen.

»Ist das dort hinten Hélènes Mann?«, fragte Vincent überrascht.

»Ja. Inspektor Picasso. Nett von ihm, findest du nicht?«, erwiderte Alice.

Vincent bohrte nicht nach. Er bohrte niemals nach, war sich bewusst, dass er wegen seiner häufigen Abwesenheit immer einen Zug verpasst hatte und nicht über die Informationen verfügte, die er brauchte, um den Alltag seiner Umgebung zu verstehen.

Man holte den Sarg aus dem Leichenwagen und ließ ihn in das Loch hinunter. François Kantor näherte sich dem Grab, man bemerkte, dass er eine kleine Reisetasche trug. Er hob einen Kassettenrekorder heraus und stellte ihn auf den Boden. Figue ging zu ihm, und er bedeutete ihr, auf Abstand zu bleiben. Dann holte er kleine runde Kerzen hervor, wie man sie benutzt, um Tische zu dekorieren. Er zündete sie an, stellte sie halbkreisförmig auf und platzierte in der Mitte dieses »schrecklichen Altars«, wie Clothilde dachte, ein Schwarzweißfoto der jungen Marie-Claude. Der Schnee löschte die Flammen sehr schnell, doch das Unglück war bereits geschehen. François Kantor ließ seinen Blick über das Publikum schweifen und drückte auf den Knopf des Kassettenrekorders. Eine Bachsuite, die die Tote so oft am Klavier gespielt hatte, verursachte den beiden Schwestern und auch Figue, sofort eine Gänsehaut. Der Klang war grauenhaft, »die Interpretation zu schnell«, registrierte Figue. François entfaltete sein Blatt Papier. Mit ruhiger, sanfter und einschmeichelnder Stimme las er:

Nachts, wenn das Pendel der Liebe schwingt
Zwischen Immer und Nie,
Stößt dein Wort zu den Monden des Herzens
Und dein gewitterhaft blaues
Aug reicht der Erde den Himmel.

Schon bei den ersten Worten wurde das Ausmaß der Katastrophe offenbar. Die wenigen Deutschsprachigen verstanden Bruchstücke, Worte, eine Geschichte von Nacht und Gewitter. Nur Henri erkannte das Gedicht von Celan. Denn die beiden Brüder hatten einmal einen intimen literarischen Moment miteinander gehabt, den sie im Nachhinein heftigst abstritten. Die anderen Anwesenden verbrachten die Zeit damit, François Kantor zu betrachten, den Deutschlehrer, den früher auf dem Gymnasium niemand hatte haben wollen, weil er ein echtes Arschloch war, der seine Schüler verachtete und keinen Hehl daraus machte. Clothilde drehte sich um. Sie sah geduldige und durchgefrorene Gesichter, die brav warteten, bis der andere sein Affentheater beendet hatte. »Die Leute sind wirklich nett«, dachte sie überrascht.

»Er hat es geschafft, alle zu deprimieren«, flüsterte Paul Victor zu.

Iris neben ihm hörte es und lächelte. Sie hatte ihren Großvater nur einmal gesehen, als sie noch ganz klein gewesen war. Dieser schneebedeckte Typ mit seinen vergammelten Turnschuhen, seiner Magerkeit und seiner knisternden Musik war ihr nicht unsympatisch. Sie fragte sich, ob ihre Mutter vielleicht zu sehr dramatisierte, wenn sie sich über den »Haustyrannen« aufregte, der ihre Kindheit verdorben hatte. Charles, der seinen Vater an der Hand hielt, fand den Kerl abstoßend und schob ihn ganz weit von sich weg, endgültig.

Die Leute wurden unruhig. François Kantor hustete, er war noch nicht fertig. Er betrachtete den Sarg und holte eine kleine Metalldose aus seiner Tasche. Vorsichtig öffnete er sie und schüttete ein goldenes Pulver in die Grube, was Alice an das Sandmännchen aus ihrer Kindheit erinnerte. In ihrem durchgefrorenen Kopf vermischte sich alles, der Teddybär, das Deutschland ihres Vaters, Charles dort hinten, der gar nicht gut aussah, Picassos Blick, das Bier, die Kerzen, das Tier, das sich auf Tante Figues Kopf bewegte, und der Schnee, der zwischen Kragen und Hals hinabglitt. Ein leises »Oh!« kam aus dem Publikum, als er das Wunderpulver ausschüttete. François blickte sie an und sagte:

»*Pflicht, heiter und ruhig zu sein.*«

Wie ein Straßengaukler packte er den ganzen Kram wieder in seine Tasche und verschwand, ein »grauenhafter Schmierenkomödiant«, dachte Tante Figue außer sich.

Und dann stellte sich die Familie in einer Reihe auf, und die anderen begannen an ihnen entlangzudefilieren, um ihr Beileid auszudrücken. Nach dem Stress des väterlichen Theaters hatten Alice und Clothilde das Gefühl, dass sie das Schlimmste jetzt hinter sich hätten. Als sie hörten, wie Tante Figue zu jemandem, der ihr die Hand schüttelte, im

Brustton der Überzeugung sagte: »Ich bin die Schwester der Verstorbenen«, sahen sie sich an und brachen in ein stummes, heftiges und schmerzliches Gelächter aus. »Es geht los!«, dachte Alice. Sie würden gegen Lachanfälle kämpfen müssen, das wussten sie aus Erfahrung, schon in ihrer Kindheit hatte ihnen das Lachen häufig als Ventil gedient. Alles wurde jetzt komisch, für beide gleichermaßen. Die Stimme von Alice nahm einen sonderbaren Klang an, als sie dem Werkstattbesitzer dankte, der ihr sein Handgelenk reichte wie jemand, dessen Hände immer noch ölverschmiert waren. Clothilde wandte den Kopf ab, als die taiwanesische Gattin des Juweliers etwas murmelte, das aus ihrer Nase zu kommen schien, als der halbseitig gelähmte Nachbar sie nur mit einer Seite grüßte, als Madame Grolier sie unter einem scheußlichen Renoir-Regenschirm küsste und als sie die grünen Sohlen des Bürgermeisters bemerkten. »Wer ist das?« »Der Bürgermeister.« Das unterdrückte Lachen folterte ihre Eingeweide wie starker Schnaps. Die gelähmt wirkende Frau des Zahnarztes, die stets den Eindruck vermittelte, als wollte sie den Ton leiser stellen, sah sie so traurig an, dass sie sich beruhigten. Der Lachkrampf ging erst richtig los, als sie es wagten, zu Tante Figue zu blicken, die sich wie eine Prinzessin benahm, die ihren Untertanen die Hand schüttelt. Die Leute senkten die Köpfe vor Tante Figue, der Unantastbaren, so dass sie erst nach dem glänzenden Blick ihrer Nichten bemerkte, dass es Zeit wurde, die Sache zu beschleunigen. Man sprach von einem »Glas bei uns«, manche bedankten sich, andere gingen zu Fuß in die entgegengesetzte Richtung. Alice ließ sich Zeit, um ihrer Tante aus dem Weg zu gehen und mit Picasso zu sprechen, der im Hintergrund auf sie wartete. Iris begrüßte ihn ganz ungezwungen, und Alice dachte an Hélène wie an einen kalten Schatten.

»Wir gehen noch in den Videoclub und kommen dann nach«, verkündete Iris, die Kapuze voller Flocken, mit offenem Blick.

Picasso hatte Schnee auf den Wimpern. »Das stört ihn gar nicht«, dachte Alice.

»Und?«, sagte sie, etwas verlegen.

»Das war eine interessante Beerdigung, wenn ich mir die Bemerkung erlauben darf.«

»Dürfen Sie. Meine Mutter war schon seit langem abwesend, wissen Sie, der Alkohol hatte ihr Gehirn durchtränkt, sie war seit Jahren nicht mehr klar.«

»Erzählen Sie mir von Ihrem Vater.«

Alice lachte.

»Erzählen Sie mir von Ihrem Vater«, äffte sie den Inspektor mit seiner tiefen Stimme nach. »Sie haben heute Nachmittag alles gesehen.«

»Er hatte Probleme mit der Justiz …«, fügte Picasso hinzu, halb als Behauptung, halb als Frage.

»Ja. Drogenkonsum. Unter anderem.«

»Und dieser berühmte 14. Juli.«

»Woher wissen Sie das? Das ist eine uralte Geschichte!«

»Glauben Sie mir, für einen Bullen ist es einfacher, Spuren von vor dreißig Jahren wiederzufinden als Spuren von gestern. Die Zeit arbeitet für uns. Es ist tatsächlich so. Die Leute fangen an zu sprechen, und die Dinge kommen wieder hoch. Man vergisst oft die Bedeutung der Zeit, aber sie steht im Zentrum, überall. Sie konserviert die Dinge unglaublich dauerhaft … Ich meine …« – Picasso betrachtete Alice, die sehr konzentriert geradeaus schaute, von der Seite – »dass man jemanden mit nichts so sehr verletzen kann wie mit der Zeit, die alles bewahrt. Dreißig Jahre später bezahlt man noch für ein dahingesagtes Wort, nachdem man aus allen Wolken gefallen ist, sobald man davon erfahren hat. Man sagt: ›Aber das liegt doch so lange zurück.‹ Ich spreche gar nicht von der Kindheit, nein, ich spreche von Erwachsenen, die sich im Umgang miteinander verletzen.«

»Warum erzählen Sie mir das?«, fragte Alice, die Picasso noch nie so hatte reden hören.

»Wir sprachen von Ihrem Vater. Ich fand ihn vorhin ziemlich bewegend.«

»Die reinste Kinovorstellung, ja!«, sagte Alice gereizt. »Wissen Sie, als er beschlossen hat, das Haus zu verlassen, ist er trotzdem geblieben. Er hat die Remise bezogen und war noch mehr da, als wenn er gegangen wäre. Man musste es sich verdienen, in seine Hütte zu dürfen, und auch dann nur, wenn meine Mutter nicht da war, denn sie verbot uns, zu ihm zu gehen. Sie verhöhnten sich, jeder von seiner Seite des Rasens aus, und wir saßen im Gras wie in einem *no man's land* und erwarteten weiß der Teufel was von diesen beiden verantwortungslosen Irren.« Alice ereiferte sich. »Denn uns kümmerten die Klavierkonzerte einen Dreck, die sie ihm wie Beleidigungen um die Ohren haute. Und er rief uns zu sich, damit wir ihm zuhörten, wenn er Novalis im Original rezitierte. Wir mussten ihn bewundern, wie im Theater, wie vorhin auf dem Friedhof. Er missbrauchte uns als sein Publikum.« Alice atmete die eiskalte Luft ein, die ihr weh tat, blickte Picasso an und lächelte. »Aber im Grunde ist mir das alles scheißegal. Heute war die Beerdigung, da spricht man von der Vergangenheit, das ist ganz normal. Doch davon abgesehen glaube ich, war es die Überraschung der anderen, die mich stutzig gemacht hat.«

»Ich verstehe nicht, was Sie mir sagen wollen.«

»Ich will sagen, dass man traurigen Blicken begegnet, die einen traurig machen, weil man es an einem solchen Tag sein muss. Und genauso ist es mit den Geschichten aus meiner Kindheit. Wenn ich sie erzähle, sehe ich das Entsetzen im Blick der anderen und bekomme Angst, obwohl ich in Wirklichkeit gar nicht so sehr meine Geschichte erzähle.«

Sie kamen zum Haus. Alice lud ihn ein, mit hineinzukommen. Sie hängte ihren Mantel über den des Inspektors, um ihn mit seinem Geruch zu imprägnieren, eine dieser Schrulligkeiten, die sie auszeichneten. Sie stellte Picasso vor.

»Picasso. Na, so was! Einmal hat mir ein Magritte aus der Klemme geholfen, ein Schlosser aus Fécamp. Ich habe ihn gefragt, wie das für ihn sei, so zu heißen. ›Magritte?

Niemand weiß, wer das ist‹, hat er mir geantwortet. Und er hat hinzugefügt, und das war das Witzigste: ›Jedenfalls nicht diejenigen, die Schlüsselprobleme haben.‹«

Dafür liebten sie Figue, dachte Alice. Sie überspielte die Pausen, verscheuchte die Momente des Unbehagens, war eine Ringerin, eine verfehlte Böse. Alle lachten. Alice fühlte sich beinahe wohl. Im Haus war es warm, und jenseits der Fenster ließ sich der Schnee in tiefer Stille für die Nacht nieder. Vincent brach auf, »fahr vorsichtig, es könnte neblig werden. Ruf an, wenn du angekommen bist.« Neben Henri sitzend, der vor sich hin döste, vergegenwärtigte Alice sich noch einmal ihr Gespräch mit dem Inspektor auf der Straße, um des Vergnügens willen, erneut mit ihm allein zu sein. »Er ist ein Mann, der nichts herumliegen lässt«, dachte sie, »der alles bei sich hat.« Clothilde blickte manchmal zu ihrer Schwester. Zeit verging, in der Alice schlief, Picasso erfuhr, was er wissen wollte, Figue sich nach Portugal einlud, Clothilde begriff, dass ihre Schwester verliebt war, und Henri auf Deutsch träumte, dass er mit seinem Bruder und seinen Eltern im Schnee durch Berlin lief. Alice wurde durch lautes Gezeter geweckt.

»Also wirklich, glaubt ihr, dass jetzt der richtige Zeitpunkt dafür ist?«

»Wofür?«, fragte Alice Clothilde, deren Haare abstanden.

»Heute einen Horrorfilm anzuschauen! Und dann auch noch mit Charles! Los, zu Tisch.«

Sie bat Picasso, sich neben sie zu setzen. Tante Figue, der man ihr Alter jetzt ansah, vielleicht war sie müde, aß schweigend. Zahlreiche Engel schwebten zwischen den Kringeln der dampfenden Suppe. Nach einer Beerdigung im Schnee brauchten sie diese Ruhe, und wieder hatte Figue alles begriffen.

»Morgen Mittag?«, schlug Alice Picasso vor, der »Bilanz ziehen« wollte, bevor er zurückfuhr.

Auf der Türschwelle schüttelten sie sich die Hände, wünschten sich eine gute Nacht und kehrten sich sofort den Rücken zu, da sie es nicht schafften, einander in die Augen zu sehen. Alice half Clothilde beim Aufräumen und brachte Charles zu Bett, der die heftige Reaktion seiner Tante nicht akzeptieren wollte. »Was geht sie das an?«, »Hält sie mich für ein Baby?« etc. Alice erklärte ihm das Leben, vermutlich verstand er das eine oder andere. Er fragte sie, was das für ein goldenes Pulver gewesen sei.

»Weißt du, heute Nachmittag hat Großvater François …«

»Irgend so ein Mist, den er in einem Scherzartikelgeschäft gefunden hat, um uns zu beeindrucken … Komm, lass gut sein …«

Alice verließ rasch das Zimmer, feige und erbärmlich, wie immer, wenn sie sich keine Mühe gab. Iris, die vorbeikam, musste sich wegen ihrer Kleidung, ihrer Trägheit bei Tisch und ihrem Verhalten Tante Figue gegenüber anschnauzen lassen, »sie ist nicht blöd, glaub mir«. Mutter und Tochter schlossen sich in ihre Zimmer ein. Ein Bildband auf einem Regal, vermutlich für Gäste dorthin gelegt und mittlerweile Teil der Einrichtung geworden, führte Alice zu ihrem anderen Leben zurück, dem stillen, mit dem tanzenden Satyr von Mazara del Vallo, den antiken Statuen und der Poesie von T. S. Eliot. Vor dem Einschlafen betrachtete sie lange die Schwarzweißfotos in diesem gestrandeten Buch. Sie fand darin das Bild eines Jungen, der auf einer umgestürzten Stele auf einem Friedhof saß, den sich die Natur zurückerobert hatte, und der Charles wie aus dem Gesicht geschnitten war. Es gab keine Bildunterschriften, daher konnte man sich vorstellen, was man wollte, sich irren, eine Grimasse mit einem Lächeln verwechseln, einen alten Mann von hinten mit einem Kind, das Leben mit dem Tod und das Glück mit dem Unglück. Es war unmöglich, in diesen Porträts zu erkennen, wer gut und wer böse, wer anonym und wer berühmt war.

»Hüte dich vor den Bildern. Nur weil man die Realität fotografiert, bildet man sie noch lange nicht ab«, hatte Vincent ihr in einer Ausstellung an einem Tag der bissigen Bemerkungen, an dem gar nichts zwischen ihnen lief, erklärt und sie damit ins Herz getroffen und ihr Vertrauen erschüttert angesichts eines Fotos von Cartier-Bresson, das sie für etwas gehalten hatte, das es nicht war.

Picasso traf vor ihr im Restaurant ein. Da er allein war und ein wenig blass, also kaum attraktiv für die anderen Gäste eingeschätzt wurde, verbannte man ihn in eine Ecke. Eine Kellnerin mit einem elektronischen Bestellblock ging unverrichteter Dinge und verärgert wieder weg, »ich warte noch auf jemanden«. Das Lokal war wie ein Pub dekoriert: alte Holztäfelung, Jagdbilder und Kricketfotos, Billardtisch und Clubsessel. Es roch nach kaltem Zigarettenrauch, Bier vom Fass und provinziellen Problemen. Er bereute seine Wahl, er hatte sich von der künstlichen Behaglichkeit und der Karte auf der britisch anmutenden Schiefertafel im Schaufenster täuschen lassen. Alice kam hereingestürzt, dampfend vor Kälte. Sie strahlte eine unglaubliche Energie aus und sparte sich die Förmlichkeiten.

»Es taut schon wieder«, sagte sie und deutete durch das Fenster auf den Schneematsch. »Ein nicht gehaltenes Versprechen. Sie fahren heute Nachmittag zurück?«

»Ja. Vorher möchte ich Ihnen noch ein paar Fragen stellen. Über Ihre Familie.«

»Glauben Sie, dass …«, unterbrach sie ihn wie aus der Pistole geschossen.

»Ich glaube überhaupt nichts. Es ist nur so, dass die Person, männlich oder weiblich, die Sie verfolgt, Sie sehr gut und schon seit langem kennt.«

»Das ist idiotisch.«

»Ihnen wäre es lieber, ich würde mich irren.«

»Aber wer denn? Und vor allem, warum?«

»In der Familie sind die Gründe dafür, jemanden zerstören zu wollen, am stärksten. Dort gibt es die meisten Morde und die meiste Gewalt. In der Familie bleibt alles ungeklärt, wird alles chronisch. Die Dinge heilen nicht, man infiziert sich immer neu, weil man bleibt. Jemand kann Ihnen einfach nur übelnehmen, dass Sie leben, dass Sie unwissentlich eine vorgegebene Ordnung verändert, ein Gleichgewicht gefährdet haben, weil Sie im falschen Augenblick geboren wurden …« Das mürrische Mädchen erfasste ihre Bestellung und tippte mit einem falschen Stift auf ihrem Miniaturbildschirm herum. »Ich irre mich vielleicht, aber ich will wissen, woran ich bin. Ihr Vater wurde einmal eingewiesen …«

»Ja. Nach seinem Affentheater am 14. Juli. Er wollte auf dem großen Platz während des Balls seinen Opfertod inszenieren, und im Krankenaus haben sie beschlossen, ihn in die Psychiatrie einzuweisen. Er ist eine Weile dort geblieben, wie lange, weiß ich nicht mehr …«

»Zwei Monate«, präzisierte Picasso.

»Als er rauskam, hat er uns erklärt, dass er sich von nun an weigere, mit uns zu sprechen, da wir Ungeheuer seien, und das hat er dann auch durchgehalten. Gestern habe ich seine Stimme zum ersten Mal wieder gehört. Wenn ich das erzähle, glaubt man mir normalerweise nicht oder bekommt Angst.«

»Warum Ungeheuer?«

»Keine Ahnung. Weil wir die Feuerwehr gerufen hatten, haben wir ihn um eine höhere Seinsform gebracht oder irgend so ein Blödsinn. Damals war er sehr mystisch. Er aß Pilze, meditierte, hatte mit dem Sitarspiel angefangen, nach dem Motto ›Teufelskraut und kleiner Rauch‹, ich suche meinen Raum und so weiter und so fort.«

Zur großen Überraschung von Alice, die es gewohnt

war, dass ihre Anspielungen niemals verstanden wurden, lächelte Picasso. Überglücklich dachte sie, dass sie zur gleichen Zeit die gleichen Bücher gelesen und das gleiche Alter gehabt hatten. Das Essen wurde gebracht. Sie aßen schweigend und verdauten all die wichtigen Gedanken, die sie soeben ausgetauscht hatten.

»Ich habe den Bericht über den Aufenthalt Ihres Vaters im Krankenhaus angefordert.«

Plötzlich ins eiskalte Wasser geworfen, erzitterte sie. Sie hielt nichts davon, durchgeschüttelt zu werden.

»Ich vermeide es, in der Vergangenheit herumzustochern. Man läuft Gefahr, wieder Dinge zu empfinden, die unserem Alter nicht mehr angemessen sind, kindliche Gefühle mit vierzig, verstehen Sie … Das ist ein bisschen lächerlich. Und warum gerade mein Vater?«

»Ihre Tante entspricht nicht der Gestalt Ihres Louvrebesuchers.«

Alice lächelte und blickte den Inspektor an.

»Lieben Sie Ihren Beruf?«

»Nein, nicht mehr. Ich würde gern etwas anderes machen, aber ich weiß nicht, was.«

Zum ersten Mal sprach er ganz offen aus, wie er darüber dachte.

»Was interessiert Sie außerhalb der Polizei?«, fragte Alice und nahm sich ein Stück Brot.

Er dachte »Sie« und erwiderte: »Nicht viel.«

Vincent war ein Sieger in der prallen Sonne, Picasso ein dunkler labyrinthischer Wald, still und faszinierend, dachte Alice. Er ließ sie an diese Augenblicke denken, in denen sie alle Brücken hinter sich abbrach und nichts mehr hörte und sah. Dieser Typ roch wie die Treppe ihres Mietshauses, ein sehr alter, schwer zu beschreibender Geruch.

»In drei oder vier Tagen bekomme ich die Informationen, um die ich gebeten habe. Dann werden wir noch einmal über alles reden.«

»Feiern Sie Weihnachten im Familienkreis?«, fragte Alice, die sich plötzlich nicht so recht vorstellen konnte, wie sie ohne ihn zurechtkommen sollte.

»Ja. Hélène mag es nicht besonders, aber wir machen es wegen Juliette. Anschließend fahren die beiden zu einem Yogakurs ins Massif Central.«

»Sie begleiten sie nicht?«, fragte Alice lächelnd.

Die Vorstellung, nach Hause zurückzufahren und Hélène wiederzusehen, die ihn morgens am Telefon mit einem »Wir müssen reden« empfangen hatte, das sie seit April 1997, als sie beschlossen hatte, allein nach Tibet zu reisen, nicht mehr zu ihm gesagt hatte, deprimierte ihn mit einem Mal. Es war eine verrückte Idee gewesen, die ihm im Hals steckengeblieben war, da jenen Paaren, die gescheitert sind und trotzdem weiterhin gemeinsam in derselben Hölle schmoren müssen, jedes Vergnügen verboten ist.

Beim Dessert veränderte sich Alices Gesichtsausdruck. Irgendetwas hinter Picasso zog ihren Blick an, der bemerkte, dass sie von einer Szene gefangen genommen war, die sich in seinem Rücken abspielte. Ihre Augen folgten einer Person, die sich offenbar bewegte, von links nach rechts und von rechts nach links. Picasso konnte Alice daher ungehindert betrachten. Er fand sie wunderbar, ebenso schön wie ein kostbares Kunstobjekt, der Zeit entrückt in ihrer schwarzen Seidenkleidung, ihrem orientalischen Parfumduft. Er sagte sich, dass diese Frau sich nur für Beerdigungen rot kleidete, dass ihr blondes Haar unabhängig von ihr zitterte und dass sie gute Gründe hatte, unglücklich zu sein, es aber nicht war.

»Was ist denn los?«, fragte Picasso schließlich.

»Nichts. Ist schon komisch. Der Restaurantbesitzer da hinten, ich hab mit ihm geschlafen vor zwanzig Jahren. Und er hat mich nicht wiedererkannt.«

Picasso spürte, wie ihm das Blut in den Kopf stieg. Er drehte sich rasch um, trotz des »Nein«, das Alice geflüstert hatte.

»Der große Typ hinter der Bar?«

Alice nickte.

»Stellen Sie sich das mal vor«, sagte sie und bedeutete der Kellnerin, die Rechnung zu bringen. »Da war ich einmal mit diesem Typen im Bett, und jetzt sieht er mich hier sitzen, nur ein paar Meter entfernt, und erkennt mich nicht, während er seine Gläser abtrocknet. Man schläft schließlich nicht einfach so mit jemandem.«

Picasso stand abrupt auf und ging zur Bar. Alice verließ das Restaurant und dachte, »wie blöd ich doch war«, während sie sich fest in ihren Mantel hüllte.

Sie war mit dem Zug gekommen, und draußen bot ihr der Inspektor an, sie nach Hause zu fahren.

Es begann wieder zu schneien, aber sie glaubte nicht mehr, dass der Schnee liegen bleiben würde. Sie stieg in den Wagen, der nach Paris roch, und machte es sich auf dem Sitz bequem. Sie verließen die Stadt am Schloss vorbei, Picasso fuhr, als sei er aus der Gegend. Die Wärme der Heizung stieg wohlig an ihren Beinen empor.

»Wussten Sie, dass Ihr Vater Ihre Mutter jede Woche im Sanatorium besucht hat?«

„Hat Clothilde das gewusst?«, fragte Alice schroff, die immer fürchtete, dass man ihr nicht alles sagte.

»Keine Ahnung. Eine Krankenschwester hat mir erzählt, dass Ihr Vater jeden Sonnabend mit einer Schachtel Pralinen gekommen sei. Er habe die mit Alkohol gegessen, sie die anderen, schweigend. Manchmal las er ihr Gedichte auf Deutsch vor …«

»Die sie nicht verstand… hören Sie auf. Ich will es nicht wissen. Ermitteln Sie, aber behalten Sie für sich, was Sie rausfinden.« Sie hatte sich die Ohren zugehalten, wie Charles, wenn sie sich stritten und er unrecht hatte. Picasso schwieg, und sie blieb noch einen Augenblick in dieser Haltung. »Biegen Sie links ab«, sagte sie dann. »Das ist eine andere Straße, an der Loire entlang.« Sie nahmen eine nicht ausgeschilderte Landstraße zwischen überschwemmten Feldern und dem Fluss. »Ich war als Kind dauernd erkältet. Wir waren immer klatschnass, das Wasser war überall. Nachts träume ich noch heute davon.«

Picasso hörte ihr zu und fühlte sich von diesem fremden Leben gefangen genommen. Manche Untersuchungen und die Konfrontation mit »starken Persönlichkeiten« hatten bisweilen eine solche Wirkung auf ihn ausgeübt, wie eine Lasur, die einen den Boden unter den Füßen verlieren und einen schwindeln lässt wie ein Übermaß an Sauerstoff. Alice ließ ihn an der Abzweigung vorbeifahren. Nach ein paar Kilometern fuhr Picasso langsamer, bog in einen Weg ein und stellte den Motor ab. Unfähig, sich anzublicken, verloren sie sich in der Betrachtung einer großen, mit feinem Schnee bestäubten Eiche. Die Landschaft jenseits der Windschutzscheibe war nicht sehr einladend, und für Alice sah der Stand der Dinge ganz nach einer Katastrophe aus. Sie spürte auf hundert Meter eine verkorkste Situation, die zu erkennen sie schon sehr früh gelernt hatte, am Geruch, am Klang, daran, wie sie sich anfühlte. Und sie hatte auch gelernt, sich ihr zu stellen, dank Clothilde, der Schnellen, dank Tante Figue, der Hohepriesterin, die niemals jemanden am Straßenrand stehen ließ, eine Lebenskunst. Picasso betrachtete die Äste der Eiche, die hin- und herschaukelten, wie ein regloser Buddha, verkrampfter denn je zwischen Rückenlehne und Lenkrad, die Füße auf den Pedalen, verloren. Alice öffnete das Handschuhfach, wühlte in den CDs und fand, es war eine Art Wunder, die »Greatest Hits«, auf die ihre Wahl ohnehin gefallen wäre. Da man, um eine Situation zu retten, häufig nur das Problem zu verlagern, dem Schmerz einen anderen Platz zuzuweisen braucht, schob sie die CD in den Player, drehte die Musik voll auf, öffnete die Wagentür, stieg über eine Pfütze eiskalten Wassers und postierte sich vor der Windschutzscheibe in Picassos Blicklinie. Der Sänger grölte auf Englisch die Geschichte eines Typen, der auf einem Pferd in die Wüste flieht, akustische Gitarren, gerade noch ein bisschen Chor, »Musik für Mädchen«, pflegte Clothilde zu sagen, die sich früher geweigert hatte, so etwas zu hören. »*I've been through the desert on a horse with no name.*« Picasso erlebte verblüfft eine Szene, die er sich gern erspart hätte, doch im Grunde war es seine Schuld. Auf der anderen Seite der Scheibe tanzte Alice in ihrem schwarzen Mantel barfuß im Schnee, »*after two days in the desert sun …*« Zu Hélènes Lieblingsmusik hob sie die Arme und sah ihn, in einer Andeutung von Bauchtanz, an, verwirrend und verwirrt wie eine Amateur-Stripteasetänzerin. Picasso war dem Weinen nahe. »*In the desert you can remember your name …*«, sang Alice aus voller Kehle, das Haar gefroren vom Schnee, und sie erinnerte sich vage, dass der nächste Song ein ruhiger war. Picasso stieg aus dem Auto, fasste sie zart am Arm, »komm«, und führte sie zum Wagen zurück. Er stellte den Ton leiser, es war ein Slow, »*we used to laugh, we used to cry …*«. Sie zog ihre Schuhe und die durchnässten Strümpfe aus. »*Need you like the flower needs the rain …*« Alice versuchte ihre Angst vor dem anderen, der unbekannten Haut, den nicht vertrauten Gesten, dem Gewicht der Knochen hinter ihrer Begeisterung zu ersticken. Sie brachte den vorauseilenden Überdruss zum Schweigen, der uns das Ende sehen lässt, bevor man überhaupt den Anfang erlebt hat. »*You know, I need you.*« Picasso drehte sich zu ihr, wie ein Felsen. Sein Blick ließ sie ängstlich aufschreien, sie küsste ihn, um ihn nicht mehr betrachten zu müssen. »*He flies the sky like an eagle …*« Alice sah, vielleicht aus einem Reflex heraus, Bilder vor ihren geschlossenen Augen vorbeiziehen. Ihr Sohn, lächelnd, Hélène, lächelnd, Vincent, lächelnd, Clothilde, lächelnd … Doch nichts widerstand der Sanftheit des Menschenfressers, der seinen Kopf in ihrem Haar verbarg, der an sie geschmiegt zitterte, Herz an Herz, durch ihre dicken Mäntel hindurch. Picasso konnte es nicht fassen, dass er diese sanfte Frau in seinen Händen hielt, die ihn mit geschlossenen Augen anlächelte. Er zog sich zur Wagentür zurück.

»Schau mich an«, sagte er.

Seinen Blick zu ertragen war für Alice eine Qual, denn es bedeutete, dass sie das Verlangen des Mannes sah, das Faszinierendste und Beunruhigendste, das es gibt. Doch er hatte recht, dachte sie, »man muss dem, was man tut, ins Auge blicken«. Sie blieben einen Augenblick so, ein wenig außer Atem, Freunde und Feinde einer uralten Geschichte, und sahen sich an im beschlagenen Glas der kalifornischen Träume ihrer traurigen Jugend. »*Ventura Highway in the sunshine where the days are longer the nights are stronger than moonshine …*« Die Musik war wie die Dunkelheit eines Schlafzimmers, ein Weg, alle Sinne zu gebrauchen, um die Intensität eines jeden zu vermindern, ein kaum wahrnehmbarer Schleier, der einen jedoch nicht daran hinderte zu sehen. Er näherte sich ihr und zog sie langsam aus. Unter diesem orientalischen Duft, den sie jedem verlieh, nahm er andere Gerüche wahr, für ihn allein bestimmt, hinter jeder Kleiderschicht. Er wurde zu dem Mann, der er nicht mehr war oder vielleicht niemals gewesen war. Er tat genau das, was er tun wollte, geschickt und behutsam, ohne Eile, ohne zu zittern, mit ruhigem Herzen, endlich. Dann verschwand das Lächeln. Ihre Blicke verhärteten sich. Die Sanftheit wich dem Ernst, der Mann und die Frau wurden einander wichtig. »*Do you really love me I hope you do …*« Picasso war, als hätte er Alice sagen hören, dass sie ihn liebe. Alice war, als hätte sie auf Picassos Gesicht Tränen berührt. Die Lust war ein sehr heftiger und unerwarteter Schmerz. Sie bewahrten davon die Empfindung eines elektrischen Schlags im Bauch, die einem den Atem nimmt, wann immer die Erinnerung zurückkehrt, auf der Straße, in einer Unterhaltung, später und ganz gleich wo.

Alice zog sich wieder an, während er die Windschutzscheibe vom Schnee befreite. Es war beinahe Nacht. So wie beim Aufwachen die Dinge an ihren Platz rücken, zählte sie ihre Lebenden auf und dachte voller Sorge an Vincent und die Kinder, in einer Welt, in der sie mit Picasso geschlafen hatte. Er schaute ihr durch die Windschutzscheibe zu, wie sie ihre Kleider überstreifte, und auch er zog Bilanz. Die Rückkehr auf die Erde war nicht gerade ruhmvoll, man schwenkte keine Fähnchen zu seinem Empfang.

»Ich bring dich nach Hause«, sagte er und stieg wieder in den Wagen.

Man konnte kaum etwas sehen, die Flocken fielen irgendwie, wirbelten in wildem Durcheinander gegen die Scheinwerfer. Als sie schweigend in den Ort fuhren, umschloss er Alices Knie mit seiner Faust, heftig und verzweifelt, als wollte er vorwegnehmen, was sie erwartete.

Clothilde, Tante Figue und Pierre begriffen sofort. Henri bemerkte nichts, ebenso wenig wie Charles, der mit der Katze spielte. Die Jugendlichen waren woanders. Sie aßen die Reste, blieben unter sich. Dann kam das Gespräch auf Dieppe. Tante Figue ließ ihre Nichten reden, die ein Bedürfnis danach verspürten. Alice hatte wunderbare Erinnerungen, kurze Nirwanas, Momentaufnahmen von knatternden Fahnen vor einem sehr offenen und sehr blauen Himmel, vom Wind, der einem den Atem nahm auf der Uferpromenade, und von Kieseln, die an den nackten Fußsohlen klebten und unter dem welligen Badetuch gegen die Knochen drückten. Und hinter all dem euphorisierte sie beide jeder Augenblick, die Liebe, das Interesse, das man ihnen entgegenbrachte, wie eine sehr exotische Erfahrung, und verlieh diesen ehemaligen Ferien die Körnigkeit eines Künstlerfotos, die Schönheit einer Postkarte und die erschreckende Präzision endgültiger Eindrücke. Alice war an diesem Abend ungewöhnlich glücklich, verpackt in eine Schleife, die sich zwischen Dieppe und Picasso gebildet hatte. Sie begegnete dem Blick von Charles, der seine

Mutter sah, wie er sie noch nie gesehen hatte und nie mehr sehen würde, vollkommen präsent und engelhaft schön. Pierre öffnete ohne Grund eine Flasche Champagner. Man stieß auf nichts an, und man fühlte sich lebendig, während man der Toten gedachte.

8

Picasso wurde sehr bald von einem Stau auf der Autobahn gebremst. Stoßstange an Stoßstange schoben sich die Autos langsam voran, der Schnee im Scheinwerferlicht fiel immer dichter. Dann kam der Fluss vollständig zum Stehen. Die erhellten Seitenfenster ließen Paare und Familien erkennen. Nur Picasso war allein. Er suchte im Radio nach Verkehrsinformationen. »Der Schnee hat alle überrascht, die Rastplätze sind überlaufen, bewahren Sie Ruhe und bleiben Sie in Ihren Fahrzeugen, die Räumdienste sind unterwegs…« Der Inspektor stieg aus seinem Wagen. Ein Mann auf der linken Fahrbahn sah ihn mit einem Ausdruck glücklicher Besorgnis an, wie man ihn bei interessanten Ereignissen bekommt, die einem erlauben, mit jedem zu sprechen. Picasso erwiderte seine Grimasse, ging zur Leitplanke und stieg darüber, ohne nachzudenken. Dahinter bedeckte eine bläulich-weiße glitzernde Schicht die Felder. Lange stand er so da, versunken und verliebt, die Hände von Alice auf seinem Gesicht. Er atmete die eisige, aggressive und bedrohliche Luft tief ein und lief dann im Zickzack zwischen den Wagen zurück, die sich nach und nach in kleine Häuschen verwandelten, in denen man sich bereitmachte, zu Abend zu essen, zu schlafen und in der außergewöhnlichen Stille unter freiem Himmel darauf zu warten, dass wieder Bewegung in die Sache kam.

Picasso rief Coignard an, um nicht Alice anzurufen, auf die jetzt alles in seinem Leben abzielte. Er stellte sich seinen Kollegen allein inmitten seiner Ausdünstungen und mit der knisternden Weihnachtsgirlande auf der Plastiktanne vor und fragte sich, ob Alice seinen traurigen Freund im Kommissariat überhaupt bemerkt hatte. Er glaubte sich zu erinnern, dass sie ihm lächelnd für den Kaffee gedankt hatte. Sie ist eine Frau, die niemanden ignoriert, dachte er. Ähnlich diesen Leuten, die man im Zuge von Ermittlungen verhört und die einen mit der Präzision der gelieferten Details verblüffen. Picasso fragte sich immer, wie man leben konnte, indem man alles speicherte, ohne das, was man sah, zu filtern. Zu welchem Zweck? Er schaltete das Radio ein und wechselte von einem Sender zum anderen, ohne zu verweilen. Zu seiner Rechten waren ein Mann und eine Frau in ihrem Wagen unter einer Schicht von Mänteln eingeschlafen. Eine tiefe Stimme, die einem bequemeren Anderswo entstammte, drang aus dem Armaturenbrett und schlug den Inspektor in Bann.

»Es ist der Schweiß der Seele, der in langen schwarzen Linien über Aschenbachs Gesicht rinnt. Die Farbe seines Haars, die auf seinen Wangen schmilzt, macht aus ihm einen tragischen Helden.«

Nach einer sehr kurzen Pause fügte eine höhere Stimme hinzu:

»Ja, der alte Mann ist verliebt. Er sieht, wie die Zeit,

die ihm noch bleibt, rasend schnell verbrennt. Wie Banknoten im Kasino.«

»Banco!«, rief eine Frauenstimme leise lachend.

Picasso gab der tiefen Stimme das Gesicht von Pierre Estremoz mit grauen Haaren. Dem anderen, jüngeren Mann verlieh er die miteinander gekreuzten Gesichtszüge der beiden Neffen von Alice. Die Frau erinnerte an Hélène, es war übermächtig. Sie sprachen von der »Epiphanie des Gesichts«. Picasso verstand nicht viel, die Worte verklangen zu rasch, verloren für immer. »Mir fehlen Wörter«, dachte er. Es war die Rede von einem Philosophen, dessen Name nicht genannt wurde, und vom Gesicht des anderen, das wir in seiner Nacktheit entdecken und das zugleich etwas anderes und wir selbst sind.

»Folglich kann man nicht töten, denn das Töten wird auf diese Weise zu einem Selbstmord«, schloss die Frau, die Hélène glich.

Er sah jetzt die Züge eines jungen Mädchens vor sich, das ihn früher einmal sehr berührt hatte: eine an einer Überdosis gestorbene Drogenabhängige, aufgefunden mit offenem Mund und weit geöffneten Augen, überrascht vom Unwiderruflichen, in einem furchtbaren »zu spät«.

»Es gibt das Gesicht, das man betrachtet, und das Gesicht, das man berührt«, fügte die tiefe Stimme hinzu. »Wenn man es berührt, tötet man die Vorstellung, die man sich davon gemacht hat. Unsere Sinne drängen unsere Hoffnungen in den Hintergrund.«

Picasso sah jetzt wieder das Gesicht von Alice im Augenblick der Lust vor sich. Ja, der Mandelgeruch ihres Haars, die kühle Feuchtigkeit hinter ihren Ohren und die Sanftheit der seidigen Rundungen, die ihre Schultern unter seinen Händen bildeten, hatten ihn überrascht. Aus ihren Augen waren weiße Linien geflossen, wie Gaze... Picasso richtete sich auf seinem Sitz auf und dachte, dass er verrückt würde. Mit ausgeschaltetem Radio fand er um sich herum den seltsamen Anblick der gelähmten Autobahn wieder und mummelte sich in seinen Mantel ein, beunruhigt, überall Alice zu sehen, die vielleicht mit jedem schlief. Hellwach von der Angst und der Kälte, zwang der Schmerz in seinem Rücken ihn, auf der Seite liegend einzuschlafen, die Nase am eiskalten Wagenfenster. In der Nacht rief Hélène an. Er erzählte ihr langsam von seinem Abenteuer, wie im Traum, und schlief wieder ein. Bei Tagesanbruch setzte er seinen Weg, der jetzt endlich frei war, fort und fuhr schnurstracks zum Kommissariat.

Das Büro stank schlimmer als je zuvor. Picasso riss das Fenster weit auf. Er war wie gerädert von der Nacht, und alles tat ihm weh, auch der Kopf. Er stieß auf Coignard, der gerade vom Bäcker zurückkam.

»Was ist denn hier los? Richtet man nachts einen Stall in dieser Bude ein und vermietet an einen Geflügelzüchter unter? Es stinkt hier entsetzlich, verdammt noch mal!«

Coignard verschanzte sich erschrocken hinter einer gut gespielten Gleichgültigkeit, biss die Zähne über seinem Croissant zusammen und ging an sein Telefon, um dem

Picasso aus dem Weg zu gehen, den er nicht mochte, dem, der ebenfalls litt.

Der Inspektor verbrachte seinen Vormittag mit laufenden Fällen, sprach mit einer Schuldirektorin, die gegen einen ehemaligen Schüler Strafanzeige erstattet hatte, verhörte einen rückfälligen Dieb und einen verabscheuungswürdigen Dealer. Er machte ein paar Anrufe, hatte Mühe, einem verlegenen Vorgesetzten, der seinem Blick auswich, seine fehlgeleiteten Ermittlungen zu erklären, und tippte auf seinem Computer herum, gebeugt, verschlossen und stumm. In den Büros roch es nach Weihnachten, dieser Energiestrom, der von den Lichtergirlanden in die Kreditkarten hineinfließt, »die man in den Geschäften verbrennt, verdammt«, dachte Picasso, der für niemanden etwas gekauft hatte. Um elf Uhr dreißig rief er Alice an. Ein Blick, und Coignard begriff, dass er gehen sollte. Es war einer dieser Tage, an denen Picasso dicker wurde, als würde eine Art Wut ihn aufblähen.

»Stör ich dich?«

Alice betrachtete Charles, der neben ihr, schludrig und konzentriert zugleich, nutzlose Geschenke für alle einpackte. Wie Coignard entfernte er sich, ohne zu versuchen zu verstehen. Unfähig, die Stimme des anderen wirklich zu hören, verwirrt von zu großer Dringlichkeit, Lichtjahre von der perfekten Unterhaltung entfernt, die sie sich vorgestellt hatten, ebenso durcheinander wie am Abend zuvor im Wagen, monologisierten Alice und Picasso, entschuldigten sich dafür, sich ständig zu unterbrechen, und beendeten das Gespräch schließlich, eine andere Lösung gab es nicht. In panischem Schrecken begriff Picasso, dass Alice nach Weihnachten in die Berge fahren würde. Sie hatten sich zwischen seiner Rückkehr und ihrem Aufbruch in die Skiferien in einem Restaurant in ihrem Viertel verabredet. Nachdem er das Gespräch beendet hatte, wurde Picasso von furchtbaren Zweifeln gepackt. Coignard kehrte ins Büro zurück und fragte ihn, ob er fünf Minuten für den Fall Hersch habe, in der Hoffnung, diesem bleichen Mann einen Gefallen zu tun, der in diesem Augenblick so aussah, als hielte er sich nur noch aus Gewohnheit aufrecht.

»Schön. Also, wie ich Ihnen schon gesagt habe, ich bin bei der Bäckerin gewesen, die mir bestätigt hat, dass die Frau von einem Eisblock getroffen wurde. Es ist unmöglich, auf das Dach zu steigen, ohne sich durch eines der Kippfenster der Mieter im obersten Stock zu zwängen.«

»Wer wohnt dort?«, fragte Picasso.

»Eine alte Dame und ein Soziologiestudent. Kein Zusammenhang mit dem, was uns beschäftigt.« Coignard brachte es nicht fertig, den Namen Alice Conque auszusprechen. »Die Analyse des anonymen Briefs hat nichts ergeben. Keine Fingerabdrücke. Das Gästebuch ist unbrauchbar. Ich habe Joubert gefragt, was er zu der Schrift sagt. Für ihn ergibt sich daraus kein klares Bild, die Botschaft stammt von der Hand eines umerzogenen Linkshänders.«

»Haben Sie die Engländerin von der Kleinanzeige angerufen?«

Coignard konnte Picasso nicht erklären, dass es ihm unmöglich war, eine Zeugin in Caen anzurufen, weil dort seine Exfrau lebte.

»Nicht erreichbar«, sagte er ohne weitere Erklärung und beeilte sich, darauf hinzuweisen, dass er die Frau aus der Louvre-Gruppe getroffen hatte. »Sie erinnert sich sehr gut an den Mann.«

Picasso schien aufzuwachen. Er holte ein Foto aus seiner Tasche und reichte es Coignard. Etwas unscharf, kam ein großer dünner Mann in einem Militärmantel mit einer Reisetasche aus einem Mietshaus.

»Gehen Sie noch einmal zu ihr und zeigen Sie ihr dieses Foto. Das Gleiche mit dem Juwelier. Um die Engländerin kümmere ich mich«, fügte er hinzu und tippte auf seiner Tastatur herum.

Vor ein paar Jahren hatte Coignard seine Zuneigung zu Picasso in einen Käfig ohne Tür gesperrt, und unfähig, irgendetwas davon zu zeigen, nahm er seine Jacke und ging, um draußen seine frustrierten Beziehungen zu leben.

Am Telefon erklärte die Engländerin, ja, sie habe die Anzeige geschaltet. Ohne jede Verlegenheit erzählte sie, dass das zwischen ihrem Geliebten und ihr ein Mittel war, miteinander in Kontakt zu treten.

»Er ist mit einer sehr eifersüchtigen Frau verheiratet. Die Zeitungen hat sie ihm noch nicht verboten!« Silbriges englisches Lachen.

Sie fuhr im gleichen Ton fort, um ihre Überraschung anzudeuten, als sie statt ihres Freundes die beiden Frauen hatte auftauchen sehen. So etwas war noch nie vorgekommen!, fügte sie hinzu.

Picasso fand die Frau außerordentlich sympathisch. Sie erklärte ihm, dass sie einen anderen Schriftsteller gefunden hätten, um ihre Ruhe zu haben.

»Wissen Sie, was eine Epiphanie ist?«, fragte Picasso Miss Smith.

»Eine Offenbarung. Eine schöne Offenbarung«, erwiderte sie ohne Zögern wie jemand, der dieses Wort täglich benutzte. Sie verabschiedeten sich wie gute Freunde.

Picasso ging hinunter, um sich ein Sandwich zu holen. Er bemerkte Coignard hinter dem Fenster eines Cafés, ging schneller, schlang sein Mittagessen im Gehen hinunter und stürmte in ein großes Kaufhaus. Dort kaufte er auf Anraten einer jungen, in eine schwarze Jeans gezwängten Magersüchtigen ein mit Nieten besetztes T-Shirt mit dem Mund der Rolling Stones für Juliette und für Hélène ein neues metallisch duftendes Parfum, das ihn an niemanden erinnerte. Im Büro warteten auf ihn der Bericht der psychiatrischen Klinik über die Einweisung von François Kantor und eine Nachricht von Coignard, der nicht mehr zurückkommen würde. »Frohe Weihnachten.« Unterschrift Patrick Coignard.

Bevor er heimfuhr, machte Picasso einen Umweg über den Boulevard Saint-Jacques und läutete bei Catherine Hersch, die erst nach einer ganzen Weile antwortete.

»Picasso«, sagte er in die Sprechanlage.

»Welcher?«, fragte sie, bevor sie öffnete.

Picasso war verärgert. Er mochte diese unangenehme und müde Frau nicht, die ihm die Tür öffnete, um ihm dann sofort den Rücken zuzudrehen. Er verzichtete auf alle Höflichkeitsfloskeln und fragte, in der Diele zwischen zwei Koffern stehend, ob sie mit Vincent Conque schlafe.

»Nein«, sagte sie lachend.

»Wer von Ihnen beiden hatte die Idee mit dem anonymen Brief?»

»Sind Sie verrückt?«, entgegnete sie und zündete sich mit einem Miniaturfeuerzeug in Form eines Fotoapparats eine Zigarette an.

»Hören Sie. Ich habe neulich Fingerabdrücke bei Ihnen gesichert. Die gleichen finden sich auf dem Brief.«

Picasso war ein Anhänger des Bluffs, womit sich seiner Meinung nach eine Menge Zeit sparen ließ.

Catherine Hersch brach auf dem Sofa zusammen, als hätte sie jemand dort hingeworfen. Der Inspektor beobachtete durch das Fenster, wie der Winter den Menschen zusetzte. Die Stimme der Frau hinter ihm riss ihn aus seinem Traum.

»Ich bin sehr verliebt in Vincent. Vor ihm hatte ich nur Mädchen gekannt. Haben Sie ihn getroffen?«

»Ja.«

»Er ist schön wie eine Frau, und ich konnte nicht widerstehen. Wir lieben uns seit sechs Monaten.« Sie betrachtete Picassos breiten Rücken; dieser reagierte nicht. »Ich habe den Brief geschrieben, damit etwas geschieht, damit sie ihn verlässt. Aber diese Idiotin hat ihm nichts gesagt!

Mein Brief war zu nichts anderem nutze, als meine Küche zu ruinieren.«

Sie schwieg und fragte dann den Inspektor, was er zu tun gedenke. Er drehte sich um und ging langsam zur Wohnungstür.

»Nichts. Jedenfalls nichts, was Sie betrifft. Ihre Bettgeschichten interessieren mich nicht.«

Er verließ die Wohnung, ohne zu warten, stieg die Treppe hinunter und hörte aus der Ferne, dass die Tür heftig zugeschlagen wurde. Sein Handy klingelte. Coignard teilte ihm lakonisch mit, dass die Frau aus dem Museum den Typen auf dem Foto nicht erkannt hatte.

»Und der Juwelier?«

»Der auch nicht«, erwiderte Coignard außer Atem und beendete rasch das Gespräch.

Picasso stieg in seinen Wagen, ihm blieb nichts mehr zu tun, als nach Hause zu fahren. An einer Ampel schenkte ein falscher Weihnachtsmann ihm eine Praline, die für einen bekannten Telefonanbieter warb. Den Trüffel im Mund, öffnete er das Handschuhfach, nahm die CD mit kalifornischer Musik und warf sie wie eine Granate auf den Rücksitz.

Hélène trug ein knallgrünes, vermutlich neues Satinkleid, das so eng saß, dass es jeden Muskel am Körper dieser Frau zur Geltung brachte. Das blau-schwarze Haar war mit der gleichen Perfektion onduliert. Dagegen wirkte Picasso, der sich seit zwei Tagen nicht gewaschen hatte und immer noch leichte Spuren von Alice auf seinem Körper entdeckte, in seinem zerknitterten Mantel wie ein Penner. Im Wohnzimmer war der Tisch gedeckt. Er verschwand im Badezimmer und zog sich aus, betrachtete sich nackt im Spiegel, fand sich schlaff und fett und entdeckte einen Anflug jenes »Geheimnisses« wieder, das ihn mit Unterbrechungen seit seiner Kindheit verfolgte. »Eines Tages werden wir das Geheimnis entdecken«, hatte seine Mutter aus keinem besonderen Anlass gesagt, doch er hatte den Ausdruck auf sich bezogen, wie einen Peitschenhieb. Eines Tages, so dachte er, würde man »sein Geheimnis« entdecken. Er hörte Juliettes Stimme, die im Zimmer nebenan telefonierte, und war erleichtert, dass sie da war, gleichsam ein Schutz gegen die Frau in Grün, die ihn hinter der Tür erwartete. Im Wäschekorb vermischte er die Gerüche von Alice und Hélène, was ihn daran erinnerte, dass am Abend zuvor die eine zu der Musik der anderen gekommen war. Picasso errötete für sich allein, rasierte sich, zog ein weißes Hemd an und öffnete die Badezimmertür, so wie man auf die Bühne geht, nachdem man tief eingeatmet hat.

Die Picassos aßen friedlich zu Abend an dem runden Tisch. Kerzen verliehen ihren Gesichtern eine gelbe Sanftheit, mit Blicken forderten sie sich lächelnd heraus. Hélènes Hände zitterten leicht. Beim Käse legte sie die Karten auf den Tisch:

»Ich geh für ein paar Monate nach Indien. Um ganz offen zu sein, ich bin nicht sicher, ob ich zurückkomme.« Picasso sah Juliette an, die auf ihren Teller starrte und keinerlei Überraschung zu erkennen gab. »Juliette weiß Bescheid. Keine Angst, ich bin völlig gelassen.«

Sie lächelte freundlich. »Gelassen« war vielleicht dasjenige Wort, das Picasso neben »Souper« und »belebend« am meisten hasste. Er ballte die Fäuste unter dem Tisch.

»Warum gehst du? Was hab ich getan?«

Er versuchte ruhig zu bleiben, wegen Juliette, für die das eine Lektion in Sachen Ehe für die Zukunft war.

»Oh, nichts! Ich habe bei meinen Forschungen einen Punkt erreicht, an dem ich nicht mehr weiterkomme. Ich muss mich zur Quelle begeben.«

Während sie sprach, verfolgte sie eine imaginäre Fliege an der Decke. Ihre Hände beschrieben vishnuartige Bewegungen, die die Kerzen zum Flackern brachten. Juliette betrachtete ihre Mutter mit halb offenem Mund, als würde sie eine Gottheit anschauen.

»Du kannst nichts dafür«, fügte sie hinzu und bohrte ihren glänzenden schwarzen Blick in die Augen ihres Exmannes.

»Und Juliette?«

Juliette wollte etwas sagen, doch ihre Mutter hinderte sie daran, indem sie die Hand auf die ihrer Tochter legte, wie in einem Liebesfilm.

»Juliette ist groß, und ihr beide werdet gut miteinander auskommen …«

Picasso stand auf. Er erstickte zwischen Wand und Tisch. Nach dem Geheimnis fielen ihm jetzt, gleich einer Melodie, die einem nicht aus dem Kopf geht, die »Schimären« ein, »denen man nachjagt«. »Den Schimären nachzujagen, anstatt anzugreifen …« Wie die Neurotiker, die Angst haben, geheilt zu werden, fragte sich Picasso, der sich doch längst mit dem Mann angefreundet hatte, den Hélène aus ihm gemacht hatte, wie er danach leben würde. Er hatte jetzt nur noch diese Person.

»Geht es dir nicht gut?«, fragte Hélène, als er das Fenster aufriss.

»Man kommt vor Hitze um hier drin.«

Juliette und Hélène räumten ab. Das Dessert fiel aus, ihnen war der Appetit vergangen. Das Gewöhnliche wurde außergewöhnlich, und plötzlich wusste niemand mehr, wie er den Raum füllen und sich ganz normal in der Sonntagsstimmung verbreitenden Wohnung bewegen sollte. Hélènes jugendliche Energie verbot jeden Ausbruch, jede Traurigkeit, die beiden Frauen gingen heimlich ins Bett, und Picasso schlief deprimiert auf dem Sofa ein, weil er keinen Ort hatte, wo er hinkonnte. Er wollte nicht seinem tagtäglichen Umgang gleichen, den aus der Bahn Geworfenen, vergessen in Hotels ohne Stern, deren Geheimnisse entdeckt und die von ihren Schimären verlassen worden waren.

Zu Picassos Verblüffung brach Hélène schon am nächsten Morgen, am Weihnachtstag, um zehn Uhr auf. Ein Taxi, das sie am Abend zuvor bestellt hatte, wartete unten. Ein großer Koffer, den er für sie die Treppe hinabtrug, ein etwas verlorener beidseitiger Abschiedsblick, und Picassos Frau verschwand, ein braunhaariger Kopf auf dem Rücksitz eines Autos, für immer, jedenfalls zum letzten Mal so, wie sie an diesem Morgen war. Picasso, der Betrogene, frühstückte, ohne es zu bemerken einen Rest *foie gras* mit einer Juliette, die nicht wirklich traurig war, sich aber etwas unsicher in der vom Vorabend noch unaufgeräumten Küche bewegte. Ein Einbruch, der ganz gelegen kam, beschäftigte den Inspektor an diesem heiligsten Feiertag des Jahres, bevor die Pailletten innerhalb einer Nacht ihren Glanz, die Tannen ihre Frische und die Kugeln ihren Zauber verlieren würden. Degenerierter Schnee fiel auf Paris und schmolz auf halber Höhe der Mietshäuser. Coignard fuhr den Wagen, was hieß, dass Picasso nicht danach zumute war.

»Meine Frau ist fortgegangen«, sagte er an einer roten Ampel an der Place des Ternes zu seinem Kollegen.

»Sollen wir anhalten und einen Kaffee trinken?«, entgegnete dieser.

»Nicht nötig«, erwiderte der Inspektor.

Der privilegierte Status von Coignard, der des Verlassenen, war plötzlich ins Wanken geraten, er musste es zur Kenntnis nehmen und sich neu organisieren. Sie kehrten ins Kommissariat zurück, als sei nichts geschehen. Der Abend kam, ohne dass Alice angerufen hatte, aber mit einer Nachricht auf dem Wohnzimmertisch, »ich gehe aus«, geschrieben von Juliettes Hand. Picasso verbrachte seinen ersten Abend allein mit den Möbeln seiner Frau. Um Mitternacht ging Alice in den Garten, um sein Handy anzurufen, das nutzlos im Handschuhfach klingelte.

Alice mochte diese Brasserien nicht, die denen in den Filmen von Claude Sautet glichen. Romy Schneider und Yves Montand sprachen dort ruhig inmitten des Lärms, des Zigarettenrauchs und des unaufhörlichen Hin und Hers der Kellner miteinander, ohne sich davon gestört zu fühlen, fast wie unter einem Zauber stehend. Im hinteren Teil des Raums wurde Picasso von zwei Typen zu seiner Linken und einem Paar zu seiner Rechten eingerahmt.

»Wir können woanders hingehen, wenn du willst«, sagte er, als sie unentschlossen um sich blickte.

»Schon gut. Um diese Zeit ist es überall gleich.«

Picasso hörte ganz gewöhnliche Worte aus dem Mund dieser Frau kommen. Es war wie ein Balsam, das Sichlösen aus einer unangenehmen Umarmung. Am rechten Tisch sprach eine große Brünette mit schimmernder Haut sehr laut.

»Verstehst du, diese alternden Schriftsteller, die ihre Figuren mit ihren eigenen Krankheiten belästigen, sind zum Kotzen. Was interessieren mich die Prostataprobleme von irgendeinem Idioten …«

Alice bemerkte ganz nebenbei, dass der Gesprächspartner dieser starken Frau, die sprach, um gehört zu werden, andächtig lauschte. Picasso dagegen sah nichts und hörte nichts, er konzentrierte sich ganz auf die Speisekarte, um Alice nicht ansehen zu müssen, mit der er vor zwei Tagen Haut, Schweiß und Spucke während einer wichtigen kalifornischen Zeremonie geteilt hatte. Alice wählte Flusskrebs mit Mayonnaise, schloss Picasso in die Intimität ihres Blicks ein und sagte freundlich lächelnd: »Was gibt es Neues, Doktor?«

Picasso wusste nicht, wie er Alices Unbekümmertheit interpretieren sollte. Von Panik ergriffen bei dem Gedanken, sie könnte »es« vergessen haben, nahm er ihre Hand, umschloss sie mit seiner und schob sie unter seine Jacke zum Herzen. Alice wurde blass, änderte sofort Verhalten, Stimme und Blick und stammelte, dass sie sich verloren fühle, wobei sie auf Picassos Mund starrte.

Erleichtert ließ er ihre Hand los, legte sie sanft auf den Tisch und streichelte sie, als wäre sie eine Katze, in Fellrichtung.

»Ich habe gute Nachrichten. Ich kann dir mitteilen, dass dich niemand verfolgt.«

Alice sah ihn mit runden Augen an. Die Beerdigung ihrer Mutter hatte die Geschichte mit dem Unbekannten verdrängt. Während sich die Gefahr seiner Nicht-Existenz abzeichnete, spürte sie, dass sie doch weit mehr an ihm hing, als sie gedacht hatte. Sie verlangte Erklärungen in einem Ton, dessen tendenzielle Kühle Picasso in seiner träumerischen Verliebtheit nicht wahrnahm.

»Mein Beruf hat mich etwas Grundlegendes gelehrt«, sagte er. »Es genügt nicht, die Fakten zusammenzutragen, um die Wahrheit zu rekonstruieren. Verstehst du?«

Alice war wie versteinert. Vor Scham, vor Wut, vor Ratlosigkeit, vor Bewunderung. Picasso fuhr fort:

»Eines Morgens schlägst du die Zeitung auf. Wie jedermann gehst du die Kleinanzeigen durch, und wie jedermann hoffst du, eine von ihnen möge an dich gerichtet sein. Du erkennst das Gedicht, und du bist sicher, dass es für dich ist. Aber es ist eine englische Dame, die Eliot benutzt, um mit jemandem zu kommunizieren, der an diesem Tag nicht zum Rendezvous erscheint. Etwas später fällt dir ein Eisblock auf den Kopf. Wie jedermann blickst du nach oben, um zu sehen, wer dir das angetan hat. Niemand hat dir etwas angetan, Alice, es war nur das Tauwetter. Ein Mann flüstert dir auf Italienisch in einem Kino zu, dass er dich liebt. Der Mann heißt Ruggiero, er ist ein komischer Kauz, der sich in den Kinos des 6. Arrondissements herumtreibt und vielen Frauen ins Ohr flüstert. An dem Tag, an dem du in das Geschäft des Juweliers gegangen bist – warst du die einzige Kundin?« Da Alice nicht antwortete, fuhr er fort: »Ich denke, dir ist ein Mann oder vielleicht eine Frau in den Laden gefolgt und hat den Ring gestohlen und in deine Tasche gesteckt, um ihn dir auf der Straße wieder abzunehmen. Diese Technik kennen wir sehr gut. Etwas ist eingetreten, das unseren Dieb daran gehindert hat, den Ring aus deiner Tasche zu nehmen, sobald ihr draußen wart. Was den Mann am Strand betrifft, so hat er nie existiert. Vielleicht hatte der Junge eine Mutprobe zu bestehen, und die übrige Bande hat sich, versteckt hinter einem Strandzelt, totgelacht. Hast du früher nie solche Spiele gespielt?«

Picasso konnte nicht ermessen, was im Kopf von Alice vorging, die ihre Hand zurückzog, als er sie nehmen wollte.

»Du bist enttäuscht …«, sagte er auf gut Glück.

»Das ergibt doch keinen Sinn. Schließlich habe ich einen anonymen Brief erhalten, jemand hat im Museum zu mir gesprochen. Und der Satz im Gästebuch? Und der Stadtführer aus dem Brunnen?«

Alice nahm eine Krebsschere, die sie energisch zerbrach. Der Saft spritzte durch die Luft. Sie kümmerte sich nicht um die Folgen auf den Nachbartischen.

»Alice, wie die meisten Besucher des Louvre habe ich keine Ahnung von Malerei. Wenn ich Pisanellos Zeichnungen und Gemälde betrachte, sehe ich Prinzessinnen, magische Tiere, Katzen mit sonderbaren Blicken, Königinnen und Ritter. Dass irgendein Erleuchteter an *Alice im Wunderland* gedacht hat, ist gar nicht so abwegig. Du hast gesehen, was du darin sehen wolltest.«

Alice wirkte so niedergeschlagen, dass er darauf verzichtete, den Einfluss der Langeweile auf unsere Einbildungskraft anzusprechen.

»Und die Verabredung am Springbrunnen?«

»Ich habe mit deiner Tochter über diesen Anruf für dich gesprochen, den sie angenommen hat. Und ich habe auch den Typen angerufen, den wir auf dem Vorplatz getroffen haben, nachdem du ins Becken gestiegen warst. Er hatte versucht, dich am Abend zuvor zu erreichen, um sich mit dir zu verabreden. Er wollte wissen, ob du noch immer an seiner Stelle im Beaubourg interessiert bist. Dann hat er mir gestanden, dass er davon Abstand genommen hat, mir dir zu sprechen, weil er mich mit dir gesehen hat.« Picasso lächelte. »Die Welt ist klein. Denn zufällig besucht dein Kollege uns regelmäßig wegen Sittlichkeitsvergehen auf dem Kommissariat. Kurz …«

»Und das Kreuz in dem Führer?«

»Alice, der Führer, das Kreuz, all das hat keine Bedeutung, da du keine Verabredung mit einem Unbekannten am Springbrunnen hattest.«

Sie tat Picasso leid, doch er ertrug asymmetrisches Denken nicht, nicht einmal bei dieser Frau, nach der er verrückt war. Es war ein schlimmer Moment für ihn, er musste die Gespenster aus ihrer Bahn vertreiben.

»Ich habe keine Erklärung für den Typen, der während deiner Führung im Louvre zu dir gesprochen hat.«

Der Haken war der anonyme Brief.

»Und der anonyme Brief?«

»Ich bin noch mal bei deiner allerbesten Freundin gewesen. Sie hat ihn dir geschrieben.«

Alice drehte den Flusskrebs um, betrachtete ihn, wie man ein Bilderrätsel liest, von links nach rechts, ohne etwas zu verstehen, drehte ihn wieder auf den Rücken und legte ihre Serviette neben sich.

»Ich bin gleich wieder da«, sagte sie.

Überrascht von ihrem Verschwinden, fühlte Picasso sich wie ein vollkommener Idiot, eingezwängt auf seiner Bank, und aß sein kaltes Steak, um Haltung zu bewahren. Seine Tischnachbarin, die ihrer Unterhaltung aufmerksam zugehört hatte, beobachtete ihn ganz ungeniert. Sie war – natürlich konnte er das nicht wissen – eine kluge Frau, die ihn mit einem abgelaufenen mechanischen Spielzeug verglich, was eigentlich für alle Leute gilt, die allein im Restaurant bleiben, nachdem der andere gegangen ist und die Unterhaltung ein plötzliches Ende gefunden hat. Die beiden Anzugträger zu seiner Linken waren verschwunden. An ihrer Stelle saß jetzt ein Paar dort, dessen Schwachstellen er, als Experte für das Unglück, sofort erkannte. Die in ihren Reaktionen durch Antidepressiva verlangsamte Frau, der schuldige Mann, der selbst für das bezahlt, was er gar nicht getan hat. Alice kam zurück. Die Frau zu seiner Rechten warf ihm einen komplizenhaften Blick zu, die zu seiner Linken einen feindseligen. Alice sah nur Picasso und sagte:

»Ich liebe dich, und ich fahre heute Abend für eine Woche zum Skifahren. Wirst du auf mich warten?«

Picasso schloss die Augen und nickte.

»Du bist mir nicht böse?«, fragte er.

»Warum?«

Das Handy vibrierte in Alices Tasche. Iris. Sie musste los.

Sie trennten sich auf dem Gehsteig. Alice hatte das Gefühl, dass Picasso seit dem letzten Abend größer geworden war. Sie dachte an Rodins Balzac. »Ich werde sie miteinander bekannt machen«, dachte sie. Sie umarmten sich ungeschickt, verstohlen, denn in dieser Straße ihres Viertels kannte man sie anders.

9

Jedes Jahr fuhren die Conques zwischen Weihnachten und Neujahr eine Woche in die Berge in ein Skizentrum, das in den siebziger Jahren in einem Rutsch errichtet worden war, ein gigantischer Fertigteilbausatz am Alpenhang. Das Appartement, das sie sich abwechselnd mit Vincents Brüdern teilten, bot einen Blick auf die Berge, den Charles, der vom Skilaufen gar nicht genug kriegen konnte, als »außergewöhnlich« bezeichnete. Kaum angekommen, zogen Vincent und die Kinder, ausstaffiert wie bei Kapitän Nemo mit Helmen, Bleisohlen und einteiligen Skianzügen, los, um »den Schnee auszuprobieren«, ohne Hemmungen und ohne einen Blick für Alice, die noch niemals Ski gelaufen war, »dein Pech, du weißt nicht, was du versäumst«. Eine Galerie verband die Station mit verschiedenen Orten, verglaste Tentakel, in denen es teuflisch zog und von morgens bis abends hartnäckig nach Käse roch.

Sie hatte Paris unbefangen verlassen, weil sie über einen Fundus von erprobtem Optimismus verfügte, doch die vollkommene Übereinstimmung des Ortes mit dem, was sie letztes Jahr verlassen hatte, deprimierte sie. Clothilde, die einen sechsten Sinn hatte, rief noch am selben Abend an. Danach gab Alice vor, den Mülleimer hinunterzubringen, um Picasso anzurufen. Er teilte ihr mit, dass Hélène fortgegangen war.

»Ich weiß«, sagte Alice.

Iris hatte es ihr im Wagen erzählt, zwischen Grenoble und Villarembert.

»Bist du traurig?«, fragte sie.

»Ich weiß nicht, ob ich traurig bin.«

Sie war ihm am Abend zuvor ein paar Stunden böse gewesen, allerdings hatte sie sich mehr über die Ausgeburten ihrer Phantasie als über das radikale Verschwinden des unbekannten Briefschreibers gegrämt. Jetzt, im Aufzug des Skizentrums, wog Picassos Stimme, ihre bestrickende Realität, alle Gespenster auf.

»Und du?«

»Ich hasse die Berge, ich hasse das Skilaufen, und seit Charles' Geburt bin ich allergisch gegen Käse.«

Zwei große Holländer drehten sich um und sahen sie irritiert an, bevor sie im achten Stock verschwanden. Alice fuhr dreimal zwischen zehntem Stock und Erdgeschoss hin und her. Sie fragte Picasso, was »die Hersch« ihm »eigentlich« gesagt habe. Er log, sie spürte es. Während der letzten Fahrt begegnete sie erneut einem der nordischen Riesen und lächelte ihm zu, um ihn zu beruhigen. Nachdem sie das Gespräch beendet hatte, fragte sie sich, ob es normal sei, dass eine Liebesgeschichte so traurig beginnt. Sie machte dafür die Schäden verantwortlich, die Hélènes Abreise verursacht hatte.

Vor Picasso, der sie unter seinem Körper erstickt hatte,

war Alice eine Frau gewesen, die gern lachte, während sie mit einem Mann schlief. Sie erinnerte sich, dass die Männer sich früher darüber geärgert hatten, denn für die Männer gab es, selbst wenn sie es verpfuschten, nichts zu lachen. Vincent dagegen liebte ihren Dilettantismus im Bett, der mit der Zeit nicht besser wurde. Besorgt wegen eines Prozesses, der seiner Zeitung wegen einem seiner Artikel gemacht wurde, zählte er an diesem Abend auf Alice, um seine Nerven zu beruhigen. Doch ihr war nicht wirklich nach Lachen zumute.

»Schläfst du mit Catherine Hersch?«, fragte sie, während er eine ihrer Brüste packte. Vincent sah sie ehrlich überrascht an.

»Wer hat dir das erzählt?«

Alice wusste, dass in seiner kleinen Welt jeder jeden in Schutz nahm und dass der Verstoß gegen die *omertà*, eine Indiskretion, keine Kleinigkeit war. Man sprach kaum über die Ehefrauen, diese unberührbaren und ikonenhaften »ersten Damen«. Die anderen, ohne Bezeichnung, führten da oder dort mehr oder weniger lange ihr Leben. Manche Reporter gingen auf eigenen Wunsch, oder gezwungenermaßen, verlassen von ihrer Heiligen. Die Frauen, die durchhielten, hatten ihre Gründe. Und letzten Endes trafen sie sich nur sehr selten, denn man fürchtete Vergleiche und Indiskretionen, sie blickten sich mit der Neugier und der Sympathie für Opfer einer seltenen Krankheit an, die der Welt egal war. Sie alle hatten eines Tages den Geruch einer Hersch im Gepäck ihres Mannes wahrgenommen.

Doch nur wenige hatten das Glück, wie Alice, ihrem Verdacht ein Gesicht geben zu können.

»Ein anonymer Brief, den ich erhalten habe. Ich bin zu ihr gegangen. Sie hat es mir bestätigt.«

Vincent stand riesig und nackt vor ihr, spindeldürr und schön wie ein erschreckter Gott. Alice legte einen Finger auf ihren Mund, um ihn daran zu erinnern, dass Charles im Nebenzimmer einen alten *Sylvain et Sylvette*-Comic und Iris *Le Rouge et le Noir* las. Alice hatte keine Ahnung, wohin es sie führen würde, sie hatte den Würfel geworfen und erwartete die Entscheidung des Zufalls. Da war Vincent, und da war Picasso. An den einen glaubte sie wie an eine wissenschaftliche Wahrheit und an den anderen wie an eine religiöse Offenbarung. Alice wusste nicht, dass Vincent eine ähnliche Gleichung mit Catherine Hersch lebte. Er war ein kluger Mann und stritt alles ab. Draußen hörten sie Nachtschwärmer vom Fonduerestaurant heimkehren und »Qu'est-ce qu'elle a ma gueule« von Éric Lapointe singen, als wollten sie sie daran erinnern, dass sie in den Ferien waren. Vincent legte sich wieder ins Bett und löschte das Licht.

»Wir sind nicht zufällig zusammen«, sagte er, frierend an Körper und Seele. »Wir sind nicht zufällig zusammen«, wiederholte er, um Alice an ihre Rolle als Wachhund zu erinnern, die ihr von Anfang an und ohne Zusatzvertrag überantwortet worden war.

Alice seufzte, drehte sich um und verschränkte ihre Füße mit denen ihres Mannes, was in ihrer wortlosen

Sprache bedeutete: »Ich will nicht mit dir reden, aber ich bin nicht sauer auf dich.« Sie schliefen verwirrt und noch vor den Kindern ein.

An ihrem großen Fenster verbrachte Alice die Woche damit, ihre Führungen vorzubereiten und die Werke des Louvre zu studieren, die ihr seit Jahren den Zugang verweigerten. Zum Klang der Bach-Choräle, die sie in einer Endlosschleife hörte, träumte sie vor sich hin, halb benommen von der Einsamkeit und der Elektroheizung, und betrachtete die winzigen Skiläufer, die sich jenseits des Fensters bewegten. Sie bemerkte, dass die Musik stets die Oberhand über die Bewegungen gewann, denn die Skiläufer bewegten sich letztendlich immer im Rhythmus von Bach und niemals umgekehrt. Der Schnee, schimmernde Sahne unter einem tiefblauen Himmel, war eine harte Droge für die Kinder, die sich in einem Traum zu bewegen schienen. Alice begegnete jedes Jahr erneut mit Verärgerung der Arroganz derer, die »in Rekordzeit möglichst viel für ihr Geld haben« wollten. Als sie vom Einkaufen in der Geschäftsgalerie zurückging, wurde sie mit deutschen Kosmonauten konfrontiert, mit Türen, die ihr ins Gesicht geschlagen wurden, überfüllten Aufzügen, Eltern, die vor Wut über ihre Kinder schäumten, und nach Raclette riechenden Sportlern mit roten Köpfen. Es gab Augenblicke, in denen sie, wieder eingeholt vom Charme ihrer Familie, Vincent und die Kinder liebte, aber dann führte eine panische Angst in der Magengrube sie wieder zu Picasso zurück, der sie zum Taumeln brachte.

»Langweilst du dich auch nicht zu sehr?«, fragte Vincent am vorletzten Abend.

Seit ihrer Diskussion über Catherine Hersch waren Alice und Vincent wie auf Eiern gegangen. Die allgegenwärtigen Kinder gewährten ihnen einen Aufschub, für Alice war das ein Segen, denn sie wusste nicht, was sie von der ganzen Sache halten sollte, und Vincent, der Catherine Hersch nicht erreichen konnte, war anstrengend.

Alice langweilte sich nicht. Sie erklärte ihrem Mann, dass sie nach Ideen für ihre Mittwochsgruppe suche, die bereit zu sein schien, sich auf Neues einzulassen. Sie zeigte ihm drei Werke und bat ihn, seinen Favoriten zu wählen. Sich auf ein Gemälde oder eine Skulptur zu konzentrieren, war eine Übung, die sie versuchsweise mit ihren Gruppen machte. Mal funktionierte es, mal nicht, man konnte es vorher nie wissen. Mit der Zeit hatte sie dennoch Konstanten erkannt, die sie amüsierten. Viele mochten die bläulich schimmernden weißen Körper von Proudhon: halb lebendige Tote, halb gemalte Skulpturen. Sie wollten die Namen der Personen wissen, die für die Maler Modell gestanden hatten, Stillleben übten eine unerklärliche Faszination auf sie aus, die Bildhauerei dagegen machte ihnen Angst. Und Alice hatte auch gelernt, geduldig zu sein. »Das funktioniert nicht immer«, hatte sie Picasso erklärt, »einmal ein bisschen Rückenschmerzen, und man hat für immer den Zugang zu Corot verpasst.« Wenn sie sah, dass sich Müdigkeit auf den Gesichtern breitmachte, dass die Gesichtszüge länger wurden und die Knochen hervortraten, wie schmelzender Schnee die Unebenheiten eines Steins zutage fördert, erzählte sie ihnen daher Anekdoten, die sie sofort wieder aufweckten, beispielsweise: »Als David seine Madame Récamier malte, war diese Jungfrau.« »Die neoklassizistischen Maler malten ihre Personen zunächst nackt, bevor sie sie bekleideten.« Oder: »Ein Gegenstand, der sich in einem unstabilen Gleichgewicht befindet, symbolisiert die Vergänglichkeit des Lebens.« Sie behandelte diese erschöpften Abendbesucher mit einer respektvollen Aufmerksamkeit, selbst wenn sie häufig an ihrem Interesse für »all das« zweifelte.

Vincent zögerte und wählte dann eine etruskische Terrakottafigur, die einen Mann und eine Frau darstellte, die wie bei einem antiken Bankett auf einem Bett lagen.

»Alles andere hätte mich auch gewundert«, sagte Alice lachend. Vincent wurde blass. Er wollte etwas sagen, doch sie unterbrach ihn: »Alle lieben diesen *Sarkophag der Eheleute*. Es ist schon komisch. Er bringt die Menschen zum Träumen, dabei handelt es sich um eine Graburne.«

Das Kinn auf Alices Schulter, näherte Vincent sich dem Foto und betrachtete es lange.

»Sie sind fröhlicher als unsere ruhenden Figuren heutzutage«, flüsterte er.

»Ja. Sie haben diese Unbekümmertheit, die die Menschen vor der Erfindung des Sündenfalls auszeichnete. Wir haben dieses Glück nicht«, fügte sie hinzu und rieb ihre Wange an der ihres Mannes.

Charles, der vor Hunger fast umkam, platzte herein, und dann erklärte Iris, dass Juliette deprimiert sei.

»Ihre Mutter ruft sie nicht an, und ihr Vater ist nie da«, fügte sie hinzu.

Vincent und Alice wechselten einen Blick, der angesichts der Umstände nichts Komplizenhaftes hatte.

An diesem Abend führte Vincent sie ins Restaurant aus. Am nächsten Morgen packte Alice die Koffer, kaufte eine Tasse mit dem Bild des Skizentrums, um Charles zu trösten, der wie üblich zwei Tage lang seinen Ferien nachweinen würde, und schickte Picasso eine Postkarte im Umschlag, auf die sie geschrieben hatte: »Ich kann mich gar nicht mehr erinnern, wie es vor Dir war.« Wegen Juliette unterschrieb sie nicht und sagte sich, dass das ein unverdächtiger Satz sei, ganz gleich, welche Wendung ihre Geschichte auch nehmen würde.

Während Alice in der Gegend von Grenoble im Wagen vor sich hin döste, war Picasso deprimiert. Er hatte niemals ohne Frau gelebt, und Juliettes Anwesenheit glich mehr einer Abwesenheit als irgendetwas anderem. Sie machte ihn für die Abreise ihrer Mutter verantwortlich, tauchte auf und verschwand ohne Vorwarnung und ohne ihre Wut zu zeigen. Picasso entdeckte, dass seine Tochter ihrer Mutter gehörte wie die Möbel ihrer Wohnung, wie die Abende, die sie in Unfrieden verbrachten, und dass es eine Zeiteinteilung gab, deren Geheimnis seine Frau mitgenommen hatte. Abends aß er nur, wenn Juliette da war, und nahm ab, was ihm gar nicht gefiel, es war wie ein Leiden. Eines Abends rief Hélène an, verbrachte einen langen Moment mit ihrer Tochter, die sich in ihr Zimmer eingeschlossen hatte, und sprach dann mit ruhiger, schwer zu ertragender Stimme, über einer Welt von groben Kerlen schwebend, zu der auch er gehörte, wie er bei sich dachte. Sie gab ihm ihre Adresse, für alle Fälle, und beendete dann das Gespräch mit einem »Auf Wiedersehen«, wie bei den Telefonverkäufern, die störten, um einem Doppelverglasungen aufzuschwatzen, und die sie zum Teufel schickte. Anstatt Alice, der er nicht jetzt schon auf die Nerven gehen wollte, direkt anzurufen, fragte er Juliette, ob sie etwas von den Conques gehört habe.

»Ja. Sie amüsieren sich prächtig. Sie haben eine super Zeit.« Das war für seine Tochter die Gelegenheit, sich über ihre »Scheißwoche« in Paris zu beklagen, ohne es auszusprechen. Sie fügte hinzu, dass Alice wie jedes Jahr das Kunststück fertiggebracht hatte, nicht ein einziges Mal ihren Fuß in den Schnee zu setzen. »Eine starke Leistung in einem Skizentrum!« Picasso lächelte. »Schon ein bisschen durchgeknallt, die alte Conque«, sagte Juliette abschließend und verließ das Wohnzimmer. Und mit ferner Stimme, bevor sie ihre Zimmertür schloss: »Bei ihr hab ich immer das Gefühl, dass sie durch Zufall da ist …«

Picassos Herz setzte für einen Schlag aus. Wo wäre Alice, wenn man den Zufall abschaffen würde?, fragte er sich beunruhigt und vergeblich.

Da er wusste, dass Alice nach Hause zurückgekehrt war, rief Picasso sie am nächsten Morgen an, ohne Erfolg, und dann in regelmäßigen Abständen den ganzen Tag über. Äußerst beunruhigt ging er schlafen, bis er um sechs Uhr morgens von Vincent Conque geweckt wurde.

»Ich glaube, Alice ist verschwunden.«

»Seit wann?«, fragte der Inspektor, die Augen geschlossen in der Dunkelheit seines Schlafzimmers.

»Ich weiß nicht genau. Sie ist gestern Morgen aus dem Haus gegangen, um im Park zu joggen.«

Joggen! Picasso sagte sich, dass er Jahre brauchen würde, um alle Facetten dieser Frau kennenzulernen.

»Ja …«

»Anschließend ist sie wohl zurückgekommen und dann sehr schnell wieder weggegangen. Ich habe ihre Sportsachen einfach nur hingeworfen vorgefunden, und ich kann ihre kleine rotbraune Reisetasche nirgendwo finden.«

»Hat sie ihre Zahnbürste mitgenommen?«

»Was? Bleiben Sie dran.«

Schweigen. Picasso erhob sich und zog den Vorhang auf. Winterwetter, bleierner Himmel.

»Ja, hat sie«, sagte Vincent, der von dieser Entdeckung baff zu sein schien.

»Ich bin gleich da«, sagte der Inspektor.

Picasso rief im Kommissariat an und bat Coignard, die Akte Conque vorzubereiten. Er trank eine Tasse Kaffee vom Vorabend und fuhr dann zu Alice.

Er verbot sich, sich in der Wohnung umzuschauen, dennoch spürte er an diesem Ort, wo Alice lebte, ein Lebensglück, das Zuhause einer Familie, die sich wohl in ihrer

Haut fühlte, und das verletzte ihn wie der Gedanke an einen Schandfleck. Vincent, der Parfum trug, obwohl seine Frau sich in Luft aufgelöst hatte, bot ihm ohne Vorankündigung einen Kaffee an.

»Was hat sie gestern gemacht?«, fragte Picasso im Stehen, provoziert von Alices rotem Mantel über einer Stuhllehne, einem Schwarzweißfoto von ihr, das er »für die Ermittlungen« mitnehmen würde, und ihrer übermächtigen Präsenz, die ihn benommen machte wie ein Hintergrundrauschen.

»Tagsüber weiß ich nicht, aber gestern Abend sollte sie eine Gruppe im Louvre führen. Agnès Prout hat mich angerufen, um mir zu sagen, dass sie nicht gekommen ist.«

»Und Sie?«

»Was, ich?« Dieser Mann strahlte, wie Picasso auffiel, eine unerklärliche Jugendlichkeit aus. »Den Vormittag habe ich in der Redaktion verbracht, dann hab ich mit Freunden zu Mittag gegessen und bin ins Büro zurückgekehrt, um eine Reportage vorzubereiten. Um neunzehn Uhr bin ich nach Hause gekommen. Charles und Iris waren ein bisschen nervös, weil Alice Charles bei Recherchen über Alexander den Großen hatte helfen wollen, bevor sie in den Louvre ging.«

»Warum haben Sie mich nicht angerufen, nachdem Agnès Prout Sie informiert hatte?«

Vincent dachte nach. Er fasste sich mit der Hand ans Kinn und sagte langsam, so wie man etwas kaut, das Widerstand leistet:

»Ich dachte, sie hätte vielleicht woanders geschlafen.«

»Und das denken Sie jetzt nicht mehr?«

»Nein.«

»Nimmt Ihre Frau ihr Handy mit, wenn sie unterwegs ist?«

»Ja«, sagte Vincent.

»Haben Sie ihre Schwester angerufen?«

»Ja, gestern Abend. Gegen einundzwanzig Uhr. Ich hatte Pierre dran, ihren Mann. Clothilde war bei einer Sitzung im Rathaus.«

Picasso nahm das Foto von Alice, bat Vincent, die Stadt nicht zu verlassen, verzichtete rein aus Eifersucht darauf, ihn zu beruhigen, und fand Coignard im Kommissariat vor, nachdem er kurz daheim vorbeigefahren war, um ein paar Sachen einzupacken.

»Ich habe mich geirrt, Coignard«, sagte Picasso finster.

»Haben Sie eine Idee?«, fragte der andere und reichte ihm die Akte und seinen dritten Kaffee des Vormittags.

»Ja und nein. Es hat mit der Familie zu tun. Das spüre ich. Es ist eine komplizierte Familie, wenn Sie verstehen, was ich meine.«

Coignard, der fünfte Sohn einer gebärfreudigen Mutter und eines deprimierten Vaters, verstand. Er freute sich, dass sein Kollege endlich aufgewacht war, was er in letzter Zeit selten erlebt hatte.

Picasso fuhr zuerst zu der Grünanlage, in der Alice ihr wöchentliches Jogging absolvierte, und befragte den Wächter. Angelegt von einem verrückten Beamten, handelte es sich um einen kleinen Garten, der dem Passanten den Eindruck vermittelte, er betrete mitten im Winter ein halb tropisches Treibhaus. Picasso begriff, warum Alice gerade hier trainierte. Auf den Alleen hüpften in kleinen düster dreinblickenden Gruppen sehr alte Chinesen in der Kälte von einem Fuß auf den anderen: auf der einen Seite Männer in einheitlichen schwarzen Anzügen, auf der anderen beinahe hundertjährige Frauen, teils allein, teils zu zweit. Sie alle klopften sich behutsam nach einem unverständlichen Ritual auf die Arme und hoben die Beine mit der Gelenkigkeit junger Mädchen. Durch Alices Augen spürte Picasso, wie eine ungeheure Sehnsucht nach einem anderen Leben in ihm hochstieg, verkörpert von diesen sanften und entrückten Leuten, die Hélène, obwohl dem Osten so nahe, eifersüchtig für sich behalten hatte. Sein Handy läutete. Vincent Conque. Clothilde sei ebenfalls verschwunden, sie sei gestern Abend von ihrer Sitzung nicht nach Hause gekommen. Picasso rief Brémond an, der ihm bestätigte, dass Ermittlungen eingeleitet worden seien, dass man aber »im Augenblick noch nicht viel habe«.

Unterwegs rief Coignard an, um ihm mitzuteilen, man habe Alices Handy bis zum Gare Montparnasse lokalisiert, danach nicht mehr. Um 9 Uhr 30 habe sie, vermutlich noch während sie im Park war, einen Anruf aus einer Telefonzelle in Clothildes Dorf erhalten. Picasso fuhr schnell auf der leeren Autobahn, er machte sich Sorgen. Er hatte das gleiche schlechte Gefühl wie bei dem anonymen

Brief. Dieser widerliche Geruch des bösen Menschengeschlechts, der die Phantasien der Drehbuchautoren von Kriminalfilmen nährt und dem man im echten Leben eines Bullen selten begegnet, den man aber dennoch instinktiv wahrnimmt. Als er in der Stadt angekommen war, holte er Brémond ab, und sie fuhren schnurstracks zu François Kantor. Die Tür gab sofort nach, die Wohnung war leer und vermutlich seit Tagen nicht mehr beheizt worden. Sie öffneten Türen und Schubladen und fanden überall die trostlose Leere eines vergeistigten Lebens. Es gab nichts an diesem Ort, was einen morgens motivieren würde aufzustehen. Nur die Bücher, die zu Hunderten in allen Zimmern aufgetürmt lagen, ließen auf ein Innenleben des Bewohners schließen. Da sie alphabetisch geordnet waren, hatte Picasso nicht die geringste Mühe, die gesammelten Werke von Lewis Carroll zu finden. In einem leeren Schrank hing ein funkelnagelneuer Tweedanzug. Sie läuteten bei den Nachbarn, die alle nicht da waren. Im Briefkasten fanden sie die Prospekte von mehreren Tagen und die Nachricht einer Nachbarin, die ihn bat, seine Kippen nicht mehr auf ihre Terrasse zu werfen, »sonst hole ich den Hausverwalter«.

Coignard rief an, um zu fragen, ob es etwas Neues gebe, und bot an zu kommen. Picasso war nicht danach zumute, ein Hotelzimmer mit seinem stark riechenden Kollegen zu teilen, und bat ihn stattdessen, noch einmal allen Zeugen die Fotos zu zeigen, die Fingerabdrücke zu überprüfen und zu ermitteln, wo sich die Hersch aufhielt, Alibi und das ganze Programm.

Picasso fuhr allein ins Dorf und machte die Runde durch Cafés und Geschäfte. Im Rathaus bestätigte man ihm, dass Madame Estremoz die Sitzung um 22 Uhr 30 verlassen habe und zu Fuß nach Hause gegangen sei. Kein Zeuge zwischen Rathaus und Haus, aber im Café de la Place erinnerte man sich, dass François Kantor an dem Abend da gewesen sei. Er habe drei Bier getrunken.

»Er hat zu mir gesagt, ›das Leben ist schön nach drei Bier‹, deswegen weiß ich's noch«, sagte der Besitzer mit Nachdruck. Er sei gegen 20 Uhr gegangen, kurz bevor er zugemacht habe.

Auf der Straße holte der Besitzer des Cafés den Inspektor ein, ganz außer Atem.

»Ich hab noch was vergessen: Als er bezahlte, zog er ein dickes Bündel Scheine hervor. Ich weiß nicht, so um die tausend oder zweitausend Euro, verstehen Sie. Wenn Ihnen das weiterhilft …«

Während Picasso durch den milchigen Winternebel ging, rief er Coignard an.

»Ich will alles über François Kantor. Vergangenheit, Gegenwart, Zukunft, Bankkonto, Abhebungen …«

Nicht einmal auf Wiedersehen hat er gesagt, registrierte der Kollege.

Pierre Estremoz war allein.

»Die beiden Jungen studieren, in Rennes und Bordeaux.«

Er lud den Inspektor ein, sein Abendessen mit ihm zu

teilen. Picasso, der fast umkam vor Hunger, akzeptierte. Ihm wurde bewusst, dass er dem anderen am Tag der Beerdigung nicht genügend Aufmerksamkeit geschenkt hatte. Er mochte ihn wie einen Schwager, wie alle anderen eingenommen von seiner Sanftheit eines gezähmten Riesen, seiner Notarsgelassenheit und seiner kontrollierten Besorgnis.

»Chinon?«, fragte Pierre.

Picasso hielt ihm sein Glas hin und sagte:

»Der Vater ist ebenfalls verschwunden.«

Pierre seufzte und dachte nach.

»Dieser Mann ist verrückt, aber was vermag er schon gegen zwei charakterstarke Frauen auszurichten?«

»Laut dem Psychiater, der ihn behandelt hat, ist er nicht verrückt. Er hält ihn eher für pervers, zwanghaft und manipulativ. Das ist vielleicht sogar schlimmer.«

»Haben Sie Figue angerufen?«

»Die Tante? Denken Sie, ich sollte?«

»Ja.«

»Kantor war gestern Abend hier, wie es scheint, allein. Wenn es eine Verbindung zwischen Clothildes Verschwinden und dem von Alice gibt – und das ist offensichtlich –, wo war Alice, als ihr Vater hierhergekommen ist, um Clothilde zu holen? Sie ist gestern Mittag in Paris in den Zug gestiegen. Und sie ist hier im Laufe des Nachmittags eingetroffen. Sollte sie eine Verabredung mit ihrem Vater gehabt haben, warum war sie dann gesten Abend nicht bei ihm?«

Pierre schenkte Picasso nach. Ein Schleier des Erschrockenseins verdüsterte für einen Augenblick den Blick des Gastes, der kaum merklich den Kopf schüttelte und hinzufügte:

»Er hat eine große Geldsumme bei sich. Man hebt Geld ab, wenn man eine Reise macht, wenn man mit Ausgaben rechnet, wenn man etwas vorhat.«

»Waren Sie bei ihm?«

»Er ist schon eine ganze Weile nicht mehr zu Hause gewesen. Offenbar lebt er woanders. Er hat keinen Wohnsitz außer dem von mir aufgesuchten?«, fragte Picasso, der die Antwort ahnte.

»Nein«, sagte Estremoz lächelnd.

»Hat er einen Wagen?«

»Mein Gott, nein. Er mag sich ja nicht mal Schuhe anziehen!«

»Erzählen Sie mir von ihm«, bat Picasso, der wie besessen in sich hineinschlang, ohne es zu bemerken.

»Er ist ein komplizierter Mensch. Er zwang seine laxe Haltung seiner Umgebung regelrecht auf. Hippie-Intoleranz, Underground-Kultur, eingetrichtert mit dem Knüppel. Ein Arschloch im Grunde, ihre Mutter war ihm nicht gewachsen. Clothilde hat schon als Kind gegen ihn aufbegehrt, Alice war hin- und hergerissen. Sie liebte ihn trotz allem. Was mag er ihnen gesagt haben, dass sie zu ihm gefahren sind, ohne Bescheid zu geben?«

Picasso spürte, dass er diesen Mann, der wie ein Freund sein Essen mit ihm teilte, beruhigen musste.

»Wie Sie schon sagten, Alice und Clothilde sind charakterstarke Frauen.«

Etwas Besseres fiel ihm nicht ein, und er wich dem Blick seines Gastgebers aus, während er seinen Chinon trank. Ein sehr männliches Schweigen verbreitete sich in dem gemütlichen Esszimmer der Estremoz. Pierre stand auf und zündete sich eine Zigarette an. Er war riesig und lief gebeugt, als wollte er sich dafür entschuldigen. Dann verschwand er in der Küche und kam mit zwei Kaffee zurück. Das Telefon klingelte. Er ging ohne Eile ran, was Picasso gefiel, der sich, seit er denken konnte, Vorbilder suchte. Vincent Conque wollte wissen, ob es Neuigkeiten gebe.

»Inspektor Picasso ist bei mir. Bis jetzt nichts Neues.«

Vincents Präsenz schwebte einen Augenblick im Raum. Pierre gab dem Inspektor die Nummer von Tante Figue und bot ihm an, bei ihm zu übernachten.

»Es gibt kein Hotel in der Nähe, und bei dem Nebel ist die Sicht gleich null.«

Picasso wurde in einem Zimmer einquartiert, das er höchst ungewöhnlich fand. Abgesehen von drei kleinen, fast quadratischen Schränken aus orangefarbenem Holz folgte eine sehr auffällige Tapete den absonderlichen Wandschrägen, umgab die ovalen Fenster mit komplizierten Arabesken und verlieh allem, was sie verzierte, eine beunruhigend pflanzliche Realität. Picasso machte die Erfahrung eines Herrenhauses, in dem die Schlafzimmer zugleich Möbellager sind, wo die Schubladen der Kommoden und die Kleiderschränke mit Kleidern gefüllt sind, von denen man gar nicht mehr weiß, wem sie gehören, und wo eine luxuriöse Stille den Eindruck eines Sternenhimmels vermittelt. Eingeschüchtert schlief er ein. Als er ein paar Stunden später aus dem Schlaf auffuhr, ging er noch einmal alle Details seiner Untersuchung durch, traf Entscheidungen und verbrachte den Rest der Nacht in einem unruhigen Schlaf zwischen den Körpern von Alice und Hélène, These und Antithese seines aus den Fugen geratenen Lebens.

Hinter ihrer scheinbaren Lieblichkeit war die Gegend alles andere als freundich. Auf der Oberfläche der zugefrorenen Loire drängten sich unbewegliche Dunstschwaden, Gespinste tödlicher Zauberkünste, ihre weißen Fäden in eine andere Dimension spinnend. Alles war erstarrt, grau und brüchig. Picasso hätte gern mit Alice geschlafen, ausschließlich mit ihr, die ihm an diesem Morgen so sehr fehlte, dass er glaubte, sterben zu müssen. Coignard, der Mühe hatte, sich am Telefon zu artikulieren, bestätigte ihm, dass Kantor die zweitausend Euro abgehoben hatte, die auf seinem Konto gewesen waren.

»Rufen Sie alle Mietwagenagenturen und Maklerbüros im Département und außerhalb an, klären Sie das mit Brémond. Kommen Sie her, falls nötig.« Coignard seufzte. »Ich weiß«, sagte Picasso. »Ich werde zu dem Onkel in La Baule fahren.«

»Aber …«, begann Coignard.

Doch Picasso hatte das Gespräch bereits beendet. Er

verspürte das Bedürfnis, dem Leben von Alice so nahe wie möglich zu kommen, die Orte zu sehen und mit denen zu sprechen, die ein wichtiger Teil ihres Lebens waren, sie selbst auf diese Weise wiederzufinden.

Sich dem Meer zu nähern, war für ihn eine ganz besondere Erfahrung. Man erahnt es, lange bevor man es sieht, dachte er hinter dem Steuer seines Wagens. Der Horizont weitet sich, der Himmel nimmt mehr Raum ein als die Erde, und man hat das Gefühl, in Amerika zu sein.

»Ich habe Neuigkeiten«, verkündete Coignard, der ihn in der Gegend von Saint-Nazaire anrief. »Er hat letzte Woche einen Wagen gemietet. Einen weißen Kangoo, für einen Monat.«

Das war eine sehr gute Nachricht, die Kantor-Schwestern waren mit Sicherheit am Leben. Picasso rief Pierre Estremoz an, um ihn zu informieren und zu beauftragen, Vincent Bescheid zu sagen. Bevor er das Gespräch beendete, gestand sein eventueller Schwager ihm, dass er nicht einen Augenblick geglaubt habe, François könnte seine Töchter töten.

»Und aus welchem Grund?«, fragte Pierre, obwohl gerade er als Notar mit allen menschlichen Gemeinheiten vertraut sein musste.

»Das weiß ich noch nicht. Ich werde die fragen, die es wissen. Seinen Bruder und Tante Figue, wie Sie sie nennen.«

»Das Wichtigste ist herauszufinden, wo sie sind«, ergänzte Pierre, besorgt über die Wendung, die die Ermittlung nahm.

»Mir liegt ebenso sehr wie Ihnen daran, sie so rasch wie möglich zu finden«, sagte Picasso. Und nach kurzem Schweigen: »Ich halte Sie auf dem Laufenden.«

Angesteckt von Estremoz' Besorgnis vergaß er das Meer, gab Gas und hielt vor einem modernen Mietshaus, das wie ausgestorben wirkte und von einem Weltuntergangssprühregen gepeitscht wurde, zumindest kam es dem Inspektor, anfällig und durchnässt in seinem Pariser Mantel, so vor.

Henri Kantors Erkältung erklärte vielleicht die Nachlässigkeit und die Unordnung, die seine Wohnung kleiner erscheinen ließen. Es hatte »fast schon etwas Pathologisches«, dachte der Inspektor. Er kannte diese Orte der Verzweiflung, an denen man eines Tages, unter leeren Kuchenschachteln, Müllsäcken, geduldig geglättetem und gesammeltem Silberpapier von Schokoladentafeln und jahrelang aufgetürmten Schichten aus allem Möglichen längst vertrocknete Leichname fand. Als er sich genauer umschaute, was er tat, während der alte Mann verschwand, um Tee zu machen, beruhigte er sich, indem er alte Zeitschriften, Kunstbücher auf Französisch und Deutsch und Aktenmappen voller loser Blätter durchblätterte, die mit einer Schrift bekritzelt waren, die der aus dem Gästebuch nicht ähnelte.

»Ich schreibe ein Buch über die Weltausstellungen.« Henri blickte Picasso tief in die Augen, als wollte er das Ausmaß seiner Bildung abschätzen. »Ich weiß, ich bin nicht der Erste, aber ich habe einen anderen Blickwinkel gefunden.« Er trank einen Schluck kochend heißen Tee, schnäuzte sich und fuhr fort: »Es ist ein unmögliches Buch, verstehen Sie, denn fast alles ist verschwunden.«

Er hustete.

»Unternehmen Sie etwas gegen Ihre Erkältung?«, fragte Picasso.

»Was tun Sie hier?«, fragte Henri, verloren in seinem Taschentuch.

Picasso stand vor dem großen regennassen Fenster und betrachtete das Meer, das, so weit das Auge reichte, gleichgültig seinen Gischtrand ausrollte.

»Ihre Nichten sind verschwunden.«

Der Onkel öffnete verblüfft den Mund, wie ein seniler Greis.

»Ich weiß nicht, was ich sagen soll ...«

»Und Ihr Bruder ist ebenfalls weg.«

Henri Kantor stand auf, von panischer Angst ergriffen. Er näherte sich Picasso und packte seinen Arm. Der Inspektor spürte, wie grobe Klauen sich durch die dicke Winterkleidung in seine Haut bohrten.

»Sie müssen sie schnell wiederfinden. Mein Bruder ist nicht normal, verstehen Sie.«

»Können Sie mir nichts Genaueres sagen? Vom Zustand Ihres Bruders wissen wir. Wo könnte er sein?«

Der Onkel, der den Mund anscheinend nicht mehr zu schließen vermochte, setzte sich wieder, überlegte und streckte seine gefährliche Hand erneut in Richtung Picasso aus.

»Er ist ein gestörter Mensch, verstehen Sie.« Der Alte zählte an seinen Fingern ab: »Mein Vater mochte seine Arroganz nicht, meine Mutter zog aus unerfindlichen Gründen mich vor, und auf dem Gymnasium gefiel es den Lehrern nicht, dass er größer war als sie. Als er diese arme Marie-Claude geheiratet hat, dachte ich, die Dinge würden ins Lot kommen. Leider hatte er sie nur geehelicht, um seiner eigenen Familie zu entfliehen, vermute ich. Seine Töchter waren seine letzte Chance, und was hat er ihnen geboten?« Henri echauffierte sich. »Einen dreckigen Verschlag hinten im Garten, der nach Weihrauch stank. Er hat nie begriffen, dass er die Menschen ihr Leben leben lassen muss. Stattdessen hat er seine Töchter gezwungen, und das hat nicht funktioniert. Ich schäme mich für meinen Bruder, verstehen Sie, ich trage ihn wie einen Schmutzfleck, der nicht weggeht. Warum muss man sich für seine Familie verantwortlich fühlen?« Er schnäuzte sich wieder. »Ich glaube, das hört einfach nie auf. Seine Verrücktheit wird bis zum Schluss mein Kreuz sein.« Er blickte Picasso wie durch einen Nebelschleier an und seufzte. »Er bot ein trauriges Bild auf der Beerdigung, nicht wahr? Bei der Beerdigung meines Vaters hat er es genauso gemacht. Nein, schlimmer noch. Er ist barfuß gekommen und hat in der Kirche ein Lied auf Englisch gesungen, ein trauriges Lied mit dem Titel *The End*…, ich werde es nie vergessen. Es war grauenhaft, grauenhaft…«

Henri Kantor war so außer Atem, dass Picasso es für besser hielt, es dabei zu belassen. Ihr Gespräch hatte sowieso nichts Konkretes ergeben.

»Ist Ihr Bruder Linkshänder?«

»Ja, ursprünglich schon. Aber meine Mutter hat ihn gezwungen, mit der rechten Hand zu schreiben, sie sagte, die Welt sei nicht für Linkshänder eingerichtet, er müsse sich anpassen. Dabei ist es dann geblieben, es ist ihm zur Gewohnheit geworden.«

»Sie haben keine Idee, wo er sein könnte?«

»Ich sagte doch schon, dass ich nichts weiß.«

»Ich bitte Sie nicht zu wissen, ich bitte Sie nachzudenken«, erklärte Picasso, die Hand auf dem Türgriff.

Er wartete die Antwort nicht ab, verschwand im Treppenhaus, stieg in seinen Wagen und fuhr vollkommen deprimiert los, ohne einen Blick für das Meer übrigzuhaben. Der Regen, der sich von Zeit zu Zeit als schmelzender Schnee ausgab, verringerte seine Durchschnittsgeschwindigkeit, ermüdete seine Augen und ließ ihn Alice sehen, die vor den Scheinwerfern tanzte, um ihn zu verführen und ihnen eine neue Chance zu geben. Er rief Coignard an, der nichts Neues zu berichten hatte. Brémond, der das Départment bis in die hintersten Winkel durchkämmte, war ebenfalls auf keine Spur gestoßen. Die landesweite Suchmeldung war bis jetzt erfolglos geblieben. Gegen vier Uhr morgens sank Picasso in einem Motelzimmer irgendwo hinter Rouen erschöpft ins Bett, immer noch die Vibrationen des Wagens in seinem Körper spürend, beunruhigt und in voller Montur.

»Madame ist nicht da.«

Picasso zeigte seinen Ausweis, und das Mädchen ließ ihn hinein. Sie wies auf einen mit grün-weiß gestreiftem Satin bezogenen Ohrensessel und drückte ihm eine Tasse schwarzen Kaffee in die Hand.

»Ich rufe sie an, sie ist beim Friseur.«

Der Inspektor vertrat sich eine Weile die Beine in dem Salon, dessen luxuriöse Einrichtung ihn an alte Zeiten erinnerte. Nichts wies auf den Sessel von Tante Figue hin, ihren Lieblingsplatz in diesem riesigen Wartesaal. Eine Rötelzeichnung stellte sie in jungen Jahren dar; sie war niemals schön gewesen, hatte aber genau dem Mann gefallen, »den sie wollte«, wie Clothilde ihm am Abend der Beerdigung anvertraut hatte. Dann hatte sie ihm Honoré in groben Zügen geschildert. Er schaute aus einem Rahmen auf dem Flügel, in weißen Shorts und mit einer Zigarette im Mundwinkel, an Deck seiner luxuriösen Segeljacht. Ein Foto der Kantor-Schwestern, das im Bücherregal stand, ließ Picassos Herz stolpern. Im grellen Sonnenlicht grimassierend, die Haut weiß durch die Überbelichtung, blond und dürr wie gefallene Engel, waren sie vermutlich vierzehn oder fünfzehn. Alice, die an einem Zaun lehnte, blickte ins Objektiv, als gäbe sie, mutlos, aber lächelnd, demjenigen nach, der sie knipste. Clothilde blickte nach rechts, auf etwas außerhalb des Blickfelds.

»Da Sie hier sind, hat man die beiden wohl noch nicht gefunden, oder irre ich mich?« Tante Figue nahm ihre

Nerzkappe mit einem starken Geruch nach Haarspray ab und griff mit der anderen Hand nach dem Foto ihrer Nichten. »Ihr Vater hat sie ständig fotografiert. Es gibt ganze Kisten voll. Sie hassten das. Hat Antoinette Ihnen etwas angeboten?«

»Ja. Danke.«

Figue bedeutete ihm, ihr gegenüber Platz zu nehmen. Sie setzte sich sehr gerade in einen mit altgoldenem Samt bezogenen Sessel. Ihre Haut, gerötet von einem längeren Aufenthalt unter der Trockenhaube, war übersät von kleinen Härchen, die auf ihrem Make-up klebten. Sie stürzte den Kaffee in zwei Schlucken hinunter.

»Was kann ich tun, um Ihnen zu helfen?«

»Sich in die Lage von François versetzen und mir dann mitteilen, wo sie sind«, sagte Picasso seufzend. »Wir haben nur sehr wenige Anhaltspunkte. Kantor hat Alice Dienstagnachmittag vom Bahnhof abgeholt. Clothilde hat er vermutlich zwischen dem Rathaus und ihrem Haus aufgegabelt. Er hat einen Wagen ohne Kilometerbegrenzung gemietet. Irgendwo verstecken sich die drei.«

»Hmm«, machte Figue und rief nach ihrem Mädchen. »Decken Sie für zwei, Antoinette.« Das Mädchen verschwand mit gesenktem Kopf. »Ich esse früh zu Mittag. Alte englische Gewohnheit.« Sie runzelte die Stirn. »Sehen Sie, Herr Inspektor, ich bin nicht wirklich beunruhigt. François hat eine Schraube locker, aber er wird ihnen nichts antun.«

»Henri ist da anderer Meinung.«

»Dieser stinkende alte Narr …« Sie hob das Kinn, als wollte sie andeuten, dass sie sich nicht entschuldigen würde. »Er und sein Bruder haben es niemals verstanden zu leben. Selbst vor dem Atmen mussten sie nachdenken. Henri schnüffelt seit Jahren sein Naphtalin, während François seine Pilze frisst, vermutlich um sich von der eigenen Existenz zu erholen. Doch im Ernst. Suchen Sie nicht nach irgendeinem Familiengeheimnis.«

»Der Psychiater hält ihn für pervers.«

»Ja, so wie ich es bin und wie Sie es vermutlich sind. Er muss immer auffallen, er ist ein Mensch, der sich stets gern in Szene gesetzt hat. Als Kind hat er wohl Verkleidungen geliebt. Er glaubt an das Wort, das ist sein größter Schwachpunkt.«

»Und was heißt das?«, fragte Picasso, der sich ganz plötzlich im Esszimmer wiederfand, ohne es bemerkt zu haben.

»Nehmen Sie bitte Platz. Das heißt, dass er wie manche glaubt, man könne eines Tages Rede und Antwort stehen, das Leben bestehe aus einer Kette von Knoten, die man einen nach dem anderen löst.« Sie lachte verächtlich und faltete ihre Serviette auseinander. Antoinette hatte Fisch gebracht und tat Picasso auf. »Die Leute meinen, man brauche nur einen Wutanfall zu bekommen, um sich hinterher besser zu fühlen. Alles Quatsch, Monsieur Picasso, alles Quatsch.«

Der Inspektor lächelte beinahe amüsiert und sagte: »Wie lautet also Ihre Theorie?«

Figue verzog das Gesicht. Für sie zählte nicht die Theorie, sondern die Realität.

»Nur die Disziplin erlaubt einem, sein Leben mit Würde und Anstand zu führen. Ohne sie wäre mein armer Honoré gestorben. Er hatte Grund genug, bis in alle Ewigkeit zu weinen. Aber wir haben uns anders entschieden, und ich glaube, er ist glücklich gewesen. Dieser Dummkopf François hat immer von einer magischen Welt geträumt, aber er hat nichts unternommen, um auch nur ihre Fundamente zu errichten. Ich könnte mir gut vorstellen, dass er versucht sie zu bezirzen oder zu erpressen.« Sie entgrätete ihren Fisch mit gleichgültiger Geschicklichkeit und schnitt ihre ungeschälte Kartoffel in zwei genau gleiche Hälften. »Fünfunddreißig Jahre dauert das nun schon. Er hat es mit Schweigen und Schmollen versucht, hat gemerkt, dass das nicht funktionierte, und nun zwangsläufig eine andere Taktik gewählt.« Sie betrachtete das Massaker auf dem Teller ihres Gastes. »Machen Sie sich keine Sorgen, die beiden werden wieder auftauchen, frisch wie Rosenknospen.« Mit unbestimmtem Blick und eingefrorenem Lächeln betrachtete sie durch das Fenster den Marktplatz, als wäre es ihr Lehen. Glocken läuteten in der Seeluft. Figue legte ihr Besteck hin. »Sie wussten ganz genau, dass Ihr Besuch hier Ihnen nichts bringen würde… Sie sind aus einem anderen Grund gekommen.« Antoinette kam herein und ging auf einen Blick von Figue hin sofort wieder. Picasso wurde wieder jünger in Gegenwart dieser uralten Frau, einer Mutter Oberin in bedrucktem Kleid, die sein Gesicht erforschte, um das Offensichtliche darin zu lesen. »Sie lieben Alice.« Picasso hielt ihrem Blick stand. »Und Sie sind hier, damit ich Ihnen meinen Segen gebe. Ich gebe ihn Ihnen.« Sie drehte den Kopf. »Antoinette, der Käse! Clothilde ist glücklich, Alice nicht, denn diese glaubt, dass ein Mann abwesend sein muss.« Das Mädchen brachte die Platte und nahm den Fisch mit hinaus. »Es ist gut«, sagte Figue, geheimnisvoll und wunderbar.

Sie legte ihre zusammengefaltete Serviette vor ihre Gabel, in einer Fluchtlinie, um zu verstehen zu geben, dass die Dinge sich logisch fügen würden. Dann stand sie auf und zündete sich eine lange Zigarette mit goldenem Mundstück an.

»Greifen Sie zu«, sagte sie und setzte sich wieder. »Sehen Sie«, fuhr sie fort, »Ihr Beruf sollte es Sie gelehrt haben, man bewegt nur sehr wenig Luft, wenn man stirbt, und so muss man auch leben. Diese Käseplatte ist realer als all unsere Toten. Der Rest ist Poesie, notwendig natürlich, aber trotzdem Poesie. Und genau das werfe ich François vor, seine Verkleidungen, seinen Zirkus … seine Verachtung für den Käse.« Sie lächelte. »Ich erinnere mich gern an Honoré, und ich bin die Einzige auf der Welt, die es tut. Wenn ich einmal sterbe, wird er ein zweites Mal sterben. So ist es.«

Picasso überraschte die Wendung, die Figues Monolog genommen hatte. Er blickte sich um, sah die dunkle

Holztäfelung, das kostbare Geschirr, die Seestücke an der Wand, und begriff, dass diese starke Frau von morgens bis abends mit ihrem Toten lebte, methodisch, ohne Tränen und ohne Trauer. Eine bürgerliche Frau mit kerzengerader Haltung zwischen ihren Möbeln konnte ebenso viel über das Leben wissen und die gleichen Schwielen an den Händen haben wie ein Bulle nach fünfundzwanzig Berufsjahren, dachte er gerührt.

Sie tranken den Kaffee im Salon, Satin, Samt, kostbare Intarsien und Trüffel. Antoinette hatte ein wohlriechendes Feuer entzündet. Später verabschiedete Picasso sich wortkarg und mit Bedauern. In seinem schmutzigen und kalten Wagen fand er die Angst der letzten Tage wieder, als er in die entgegengesetzte Richtung fuhr, erneut ohne einen Blick für das Meer.

Während der Fahrt vergegenwärtigte er sich noch einmal die Unterhaltung mit Figue und fragte sich, wie Alice eine alkoholabhängige Mutter, undefinierbar und phlegmatisch, einen Vater, der nicht erwachsen wurde und Aufputschmittel nahm, einen Onkel mit Hautgout und eine Tante, die etwas von einem Feldwebel hatte, so strategisch plante sie das Leben, heil überstanden hatte. Entweder ist der Mensch robuster, als man glaubt, oder Alice hat noch eine Gnadenfrist, wie eine tickende Zeitbombe, und ist danach wirklich in Gefahr. Als er angehalten wurde, weil er zu schnell gefahren war, zeigte er seinen Ausweis und entschuldigte sich. Dann raste er weiter, wahnsinnig vor Angst und mit noch wahnsinnigeren Rückenschmerzen.

10

Zurück in der Stadt, aß Picasso mit Brémond und einem anderen Bullen – einem von der Sorte, die er nicht mochte, Starsky oder Hutch – in einem lauten mexikanischen Restaurant zu Abend. Die Bilanz fiel mager aus. Der amerikanische Typ war überzeugt, dass man es mit »Spinnern« zu tun habe. Sie beschlossen gemeinsam, eine Suchmeldung mit den Fotos der beiden Schwestern und des Vaters in der Lokalpresse zu veröffentlichen. Dann schlenderte der Inspektor allein durch die menschenleere Fußgängerzone und hörte seine Schritte widerhallen. Von seinem Hotelzimmer aus rief er Coignard an.

»Wie geht's?«

»Es geht so.«

Im Hintergrund waren Geräusche zu hören.

»Wo sind Sie?«, fragte Picasso.

»Im Bistro.«

Der Inspektor schluckte sein »mit wem?« hinunter und beendete das Gespräch.

Ihm war nicht nach Schlafen zumute, also sprach er eine Weile mit seiner Tochter, die bei den Conques übernachtete.

»Charles ist blass, Vincent wirkt bedrückt, und Iris hat

keine Meinung. Hast du was von Mama gehört?«, fragte sie.

Hélène machte sich immer rarer. Sie hatte sich geradezu aus ihrem gemeinsamen Leben verflüchtigt. Er schaltete den Fernseher ein und geriet an einen Kostümfilm, den er sich ohne Ton und wie hypnotisiert anschaute, in Schwarzweiß und spätnachts. Schlaflosigkeit quälte ihn. Alice. Alice, wiederholte er leise in seinem nüchternen Zimmer. Er vergegenwärtigte sich ihren Weg ab dem chinesischen Garten, dem Gare Montparnasse – hatte sie im Zug etwas gegessen? In seiner Phantasielosigkeit hatte Coignard wahrscheinlich vergessen, das Speisewagenpersonal zu befragen. Die Ankunft in der Stadt, der Vater … und wenn Kantor doch nichts damit zu tun hatte? Nein, es konnte nicht anders sein. Er muss derjenige sein, der die Schwestern aufgesammelt hat, der Arrangeur von Geheimnissen, der Regisseur, wie Figue sagt, dachte Picasso. Er stellte sich die drei zusammen vor, schön, nordisch mit ihrer hochmütigen weißen Blondheit, und fühlte sich unbarmherzig ausgestoßen aus dem intimen Kreis von Alice. Natürlich spielten die Schwestern auch ein bisschen Theater, das war für ihn schwer zu akzeptieren, aber so war es nun mal. Das Bild der vor der verschneiten Windschutzscheibe tanzenden Alice erschien ihm häufig vor dem grauen Hintergrund des ausgeschalteten Fernsehers. Er musste das Fenster öffnen, um seine Angst zu verscheuchen. Er war es nicht gewohnt, allein zu denken, Hélène hatte es lange Zeit für ihn übernommen und so Hirngespinste und Illusionen von ihm ferngehalten. Was machte sie in diesem Augenblick in ihrem Ashram? Die Gleichzeitigkeiten waren seit seiner Kindheit eines seiner Steckenpferde. Wenn der Gerichtsarzt ihm den Zeitpunkt eines Verbrechens mitteilte, häufig bis auf die Minute genau, dann fragte er sich immer, was er in genau diesem Moment getan und woran er gedacht hatte. Diese Gegenüberstellung faszinierte ihn. Ich lebe, du stirbst, du stirbst, ich lebe. Ich öffne eine Tür, du verlässt diese Welt. Ich werfe einen Ball, du tust deinen letzten Atemzug. Tante Figue hätte das gefallen, dachte er, bevor er zitternd das Fenster seines Zimmers wieder schloss. Die Doppelverglasung erstickte merklich das Leben der Außenwelt und hüllte Picasso in eine Blase der Einsamkeit. Endlich schlief er quer auf dem Bett liegend ein.

Um sechs Uhr morgens klingelte das Handy auf dem Nachttisch. Brémond.

»Wir haben den Vater gefunden. Er irrte am Straßenrand umher. Er ist bei uns.«

»Ist das alles?«, fragte Picasso.

»Wir warten auf Sie, damit Sie ihn verhören. Im Augenblick schläft er.«

François Kantor hielt einen Becher mit dampfendem Kaffee zwischen seinen langen femininen Händen und schien aus seiner verächtlichen Lethargie zu erwachen, als der Inspektor eintrat.

»Monsieur Kantor?« Picasso setzte sich dem merkwürdigen Mann gegenüber, der langsam seine Arme und Beine wie Tentakel zehn Meter unter Wasser ausbreitete. »Wo sind Clothilde und Alice?«

Der andere lächelte, freundlich unter anderen Umständen.

»Ich habe sie weggeräumt.«

Picasso lief es kalt über den Rücken. Er fragte sich, ob er mit diesem Mann gleich so sprechen sollte, als habe er einen Irren vor sich.

»Und wohin haben Sie sie geräumt, Monsieur Kantor?«

»An ihren Platz.«

Coignard kam herein, grüßte Picasso diskret und setzte sich etwas abseits. Der Inspektor empfand einen Anflug von Sympathie für seinen Kollegen.

»Und wo ist ihr Platz?«, entgegnete der Inspektor lächelnd.

Kantor schaute nach oben und lachte wie über die unerwartete Pointe eines guten Witzes. Er blickte Coignard an, den er in einer Ecke des Büros entdeckte. Dieser, der sich in Gegenwart dieses Mannes, den er nicht einordnen konnte, unbehaglich fühlte, nahm einen Block und einen Stift, um sich seine Unsicherheit nicht anmerken zu lassen. Dann trat eine Pause ein. Picasso schätzte den Einsatz von Pausen beim Verhör. Im Gegensatz zu vielen Kollegen fand er den Schlagstock dagegen »nicht so wirkungsvoll«. Das Schweigen war ein großartiges Werkzeug, das die Macht hatte, Menschen erstarren zu lassen. »So wie in dem Kinderspiel 'Eins, zwei, drei, Sonne?'«, hatte Coignard gefragt und damit zugleich ein Stück seiner Kindheit enthüllt. Die Pausen verliehen den Verhören eine tragische und ernste Dimension, indem sie Ort und Zeit mit einem Schleier der Unwirklichkeit bedeckten, der diejenigen ganz wunderbar verstörte, die die Realität brauchten, um einwandfrei lügen zu können.

»Wo sind sie?«, fragte Picasso weiter.

»Ich habe sie weggeräumt«, wiederholte Kantor und stellte seinen leeren Becher ab.

»Ich weiß. Sie haben Sie weggeräumt.« Picasso und Coignard wechselten einen Blick. »Und haben Sie sie zusammen weggeräumt?«

Zu Picassos großer Überraschung erschauerte der Mann und verspannte sich wie eine alte Betschwester angesichts einer gotteslästerlichen Bemerkung.

»Ja«, sagte er.

»Es wäre besser gewesen, sie zu trennen, nicht wahr?«

Picasso verließ sich auf sein Gefühl, wie so häufig. Er ließ sich von dem Satz des anderen leiten, auch wenn er seine Bedeutung nicht unbedingt verstand. Kantor überlegte hektisch, seine Augen, die durch den Raum wanderten, ohne irgendwo zu verweilen, verrieten es.

»Was haben Sie drei in den letzten Tagen gemacht?«, fuhr Picasso fort. Seit ein paar Augenblicken wirkte Kantor, als sei er vollends verrückt geworden. Picasso fragte sich, ob er seine Fragen überhaupt verstand. Vielleicht wäre es notwendig, ihn einem Psychiater vorzuführen, dachte er, während er in den Gesichtszügen des Vaters diejenigen von Alice suchte. »Wo sind sie, Monsieur Kantor?«, wollte er ein weiteres Mal wissen.

Ein langes Schweigen, noch betont durch Coignards Atmen, breitete sich im Raum aus. Picasso kritzelte gleichgültig vor sich hin.

»Sie sind bestraft worden«, sagte Kantor.

»Ja. Und warum haben Sie sie bestraft?«

»Weil sie ihre Mutter getötet haben.«

Coignard hustete. Das ist ja das reinste Kinderspiel, dachte Picasso. Der andere war über die Barriere gesprungen, er war verrückt, jetzt war nicht mehr Scharfsinnigkeit, sondern Phantasie gefragt.

»Ja. Sie haben ihre Mutter getötet. Das ist richtig …«, schlug der Inspektor in die gleiche Kerbe.

»Sie haben sie nie in der Klinik besucht. Niemals. Das hat sie umgebracht«, unterbrach ihn Kantor.

Picasso sah den dürren Mann, der da wie ein Rätsel und gedanklich weit entfernt vor ihm saß, scharf an.

»Aber Sie haben sie jede Woche besucht. Sie waren ein guter Ehemann. Warum sind die beiden nicht gekommen?«

»Weil sie sie sterben lassen wollten.«

»Und warum wollten sie ihre Mutter sterben lassen?«

»Sie waren eifersüchtig auf uns. Wir waren so schön, so harmonisch. Die beiden sind gekommen, und alles ist zerbrochen. Die Große war die Erste«, Kantor stockte, als erinnere er sich nicht an den Namen seiner älteren

Tochter, »diejenige, die dauernd an Stelle der anderen sprach, die ihre Mutter anschrie, und dann kam die andere, Alice, die an mir hing, wenn ihre Schwester nichts von ihr wissen wollte, und dann stundenlang in meinen Armen weinte.«

»Sind Sie sich da ganz sicher, Monsieur Kantor?«

Der andere zögerte, als begreife er nicht, wessen er sich sicher sein sollte. Er fuhr fort:

»Im Grunde war die Kleine ganz schön scheinheilig. Die beiden waren Jacke wie Hose, gehupft wie gesprungen, die eine nicht besser als die andere. Sie spionierten uns aus, erzählten Dinge von der verrückten Alten in Dieppe, fingen an zu schreien, wenn meine Frau Klavier spielte, und kamen ständig zu mir, um mich zu stören. Wir hatten niemals Ruhe vor ihnen, verstehen Sie? Und dann ist meine Frau krank geworden. Als sie beschlossen, flügge zu werden, haben sie sie in dieses Sterbeheim gesteckt. Ich konnte nichts dagegen machen.«

»Monsieur Kantor, ich verstehe Ihren Kummer. Wo sind sie jetzt?« Der andere betrachtete das gestreifte Muster seiner Hose. »Haben sie dort, wo sie sind, zu essen? Sind sie in Sicherheit?«

Picasso war müde. Er hatte Angst, Alice nie mehr wiederzusehen, seine letzte Chance, glücklich zu sein, zu verlieren. Der Mann wich auf seinem Stuhl zurück, verstört durch die körperliche Nähe des Inspektors, und umklammerte mit den Händen seine Schenkel.

»Wenn Sie meine Meinung hören wollen: Sie werden

sie niemals finden«, sagte er, als stünde er auf der Seite der Ermittler.

»Ach ja? Und warum nicht?«

Picasso spürte, dass Kantor, sobald er sich ihm näherte, zu sprechen begann, wie um sich von einer Angst zu befreien.

»Weil sie zu gut versteckt sind.«

»Daran zweifle ich nicht, François.«

Der Inspektor beugte sich über Kantor und näherte sein Gesicht so sehr dem seinen, dass der Mann einen leisen Schrei ausstieß. Coignard hatte sich erhoben und hielt sich, direkt hinter Picasso stehend, bereit.

»Wo haben Sie den Wagen gelassen?«, fragte Picasso und richtete sich wieder auf.

»Im Garten«, sagte Kantor.

»In welchem Garten?«

»In dem des Hauses.« Kantor erhob sich plötzlich, rot und außer sich. »Sie sind bestraft worden!«, brüllte er. »Bestraft!«

Brémond kam besorgt herein. Picasso beruhigte ihn mit einer Kopfbewegung. Er ging wieder hinaus.

»Wir werden den Wagen gemeinsam holen, einverstanden?«, sagte Picasso, der sich entschieden hatte. »Sie werden mich dorthin führen, und dann bringen wir ihn zurück.«

Picasso nahm Kantor am Arm. Dieser ließ es sich gefallen. Coignard gab ihm seinen Mantel, den alten Militärmantel, den er auf der Beerdigung getragen hatte, und die drei verließen wortlos das Kommissariat. Brémond begriff, dass es wichtig war, den zerbrechlichen Zauber, der das Trio umgab, nicht zu zerstören, und folgte ihnen nur mit den Augen, ohne einzugreifen.

11

»Ein bisschen mehr nach links. Nein, das ist mein Daumen. Warte … wenn ich mein Handgelenk beuge, kannst du den Knoten dann erreichen?«, fragte Clothilde gereizt.

Sie versuchte eine Logik in dem raffinierten Geflecht von Seilen zu finden, das François Kantor sich ausgedacht hatte und das sie Rücken an Rücken fest mit ihrer Schwester verband. Der augenblickliche Plan bestand darin, sich zu befreien und durch das kleine Fenster des Nebenraums, der als Toilette diente, zu klettern, um sich an der Regenrinne herunterzulassen. Durch die mit Vorhängeschlössern verriegelten hölzernen Fensterläden drang das Licht in Streifen herein. Alice überließ es ihrer Schwester, sie aus dieser »Scheißsituation« zu befreien, und sah den Staubpailletten zu, die auf halber Höhe tanzten und sie an den Schnee im Scheinwerferlicht von Picassos Wagen erinnerten.

»Es wird schönes Wetter«, sagte sie, tapfer, surrealistisch und unerwartet.

In den letzten drei Tagen hatten die beiden Schwestern den Dachboden, auf dem sie eingesperrt waren, auf unterschiedliche Weise genutzt. Alice war ihren Beschäftigungen nachgegangen, als wäre sie durch eine Grippe ans Haus gefesselt, vor sich hinträumend, »dämlich lächelnd« und innerhalb von drei Sekunden einschlafend, zusammengerollt wie ein träger und folgsamer Schatten. Clothilde, von Figue »Prinzessin auf der Erbse« genannt, verwöhnte ihren nie zufriedenen Körper, hatte Hummeln im Hintern und kam fast um vor Hunger. Sie dachte an ihr Maklerbüro, an Pierres Kanzlei und an die pubertierenden Jungs, die Mühe hatten, sich mit ihrer bereits auffälligen Position als Honoratiorensöhne auszusöhnen – in der Provinz, wo es schon genügte, »einen Kreuzworträtselclub zu gründen, um sein Foto in der Zeitung zu sehen«. Außerdem waren sie wegen Alice hier, eingesperrt auf dem Dachboden dieses maroden Herrenhauses, von dem sie am Abend ihrer Ankunft flüchtig die Fassade, einen langen Flur und eine Museumsküche gesehen hatten. »Das Arschloch«, wie Clothilde ihn bezeichnete, hatte Alice angerufen. Er wollte sie beide noch einmal sehen, bevor er »verschwinden« würde. Alice, die sich fragte, was er mit diesem »Verschwinden« meinte, war gekommen, um nicht »noch eine Altlast mit sich rumschleppen zu müssen«. Er hatte sie gebeten, ihr Handy auszuschalten und ihre Schwester von einer Telefonzelle aus anzurufen. Und Clothilde hatte gehorcht, weil sie befürchtet hatte, dass ihre Schwester in Gefahr wäre in den Händen des »Arschlochs«.

Sie waren mit einem brandneuen, stramm gefederten Mietwagen durch die Nacht gefahren. Die beiden Schwestern, die hinten saßen, verloren nach und nach die Orientierung und sahen im Rückspiegel, wie ihr Vater seine kurzsichtigen Augen zusammenkniff, um zu erkennen, wohin die vom Nebel gebleichte Straße führte. Nachdem sie angekommen waren, hatte er ihnen kochend heißen Tee zu trinken eingeschenkt, und kurz darauf war die Sache dann aus dem Ruder gelaufen. Er hatte sie schwankend auf den Dachboden steigen lassen. Alice erinnerte sich, dass sie sich zunächst geweigert hatte, aber dann hatte sie es doch getan, wie hypnotisiert von der Stimme ihres Vaters, der ihnen auf der Treppe gefolgt war, die immer schmaler wurde. Am nächsten Morgen hatten sie bemerkt, dass sie in einem unbekannten Haus eingesperrt waren, mit verschlossenen Fensterläden, dreckigen Matratzen und dem gelegentlichen Surren von Schädlingen. Clothilde hatte gesagt: »Also schön!«, als wollte sie sich ans Aufräumen und Putzen machen, und hatte versucht, die Fensterläden zu öffnen und die Vorhängeschlösser mit einer Haarnadel zu manipulieren. »Das kann nicht wahr sein, das kann nicht wahr sein«, hatte sie immer wieder gesagt. Alice hatte dagegen begonnen, in Kartons zu wühlen, die Unterlagen aus den sechziger Jahren enthielten und einer gewissen Familie Malandrin gehörten. Begeistert hatte sie sich in das Leben dieses Ehepaars mit zwei Kindern vertieft. Alles war festgehalten, vom Preis der neuen Reitkappe für Marie-Christine, die Ältere, Regionalmeisterin im Springreiten, bis hin zum Schulgeld für den Sohn Dominique, der in der Vendée auf ein privates Internat ging. Es gab keine Fotos, also erfand Alice Gesichter für sie, die sie sich aus den Fernsehserien ihrer Kindheit borgte. Mutter Malandrin hatte die Gesichtszüge von Micheline Presle, der Bruder sah aus wie Jean Richard, Marie-Christine blieb im *Stand-by*, stets von hinten, und der junge Mehdi spielte den Dominique. Später bat Clothilde sie mit einem manisch-depressiven Zittern in der Stimme: »Mach dir bitte mal Gedanken über unsere Situation.« Sie zogen Bilanz: Sie waren in einem nicht wirklich bewohnten Herrenhaus eingesperrt, das laut Clothilde, der Immobilienmaklerin, wohl zu einem Ferienhaus geworden war, »neoklassizistische Fassade, Mitte 18. Jahrhundert, Tuffstein und Quaderstein, rechteckiger länglicher Grundriss, Mansardendach, 1500 Quadratmeter Wohnfläche, na ja, 1.200.000 Euro. Etwas mehr, wenn es Bricard oder Dellètre ist.« Das Kaff, zu dem der Besitz gehörte und dessen Name auf den Stromrechnungen der Malandrins stand, war vermutlich höchstens zwei oder drei Kilometer entfernt.

»Die einzige Möglichkeit ist, die Fassade hinunterzuklettern«, schloss Clothilde.

Alice, die nichts ausließ, sagte zu ihrer Schwester, dass das Haus sie an Anne Dautrilly erinnere.

»Erinnerst du dich? Anne Dautrilly«, wiederholte sie und wich dem Blick ihrer Schwester aus, »wir nannten sie immer Anne d'Autriche.«

Clothilde erinnerte sich in der Tat an Anne, eine Generalstochter, in der zehnten Klasse zu ihnen gestoßen, mit verfallenem Familiensitz in der Gegend, verbannt aus Paris, großes Getue, sie betrachtete sie alle als Hinterwäldler. Sie war eine große Brünette mit blasser Gesichtsfarbe, die, eine Seltenheit in der damaligen Zeit, eine Zahnspange trug, was bei ihr zu einer feuchten Aussprache führte. Nachdem sie zwei Monate lang jeden Knochen im Leib gespürt hatte, war Anne Clothildes Jüngerin geworden. Nun weigerte sich diese, hier auf dem Dachboden darauf einzugehen, und das Thema war beendet, obwohl das Haus dem Landsitz der Dautrillys zum Verwechseln ähnlich sah.

François erschien von Zeit zu Zeit. Er blieb in der Tür stehen, die Hand auf dem Griff, um sie blitzschnell schließen zu können, sollte es nötig sein. Er versorgte sie mit Sandwiches, die immer altbackener wurden, und Obstsalat aus der Dose, dem ihrer Kindheit, mit nur zwei Kirschen auf zehn Pfirsichstückchen. Ein trauriges Lächeln auf seinen schmalen Lippen, betrachtete er sie wie Fische in einem Aquarium. Clothilde wusste, dass es sinnlos war, ihn um irgendetwas zu bitten. Der Starrsinn dieses Mannes hatte bereits ihre Mutter getötet, Tante Figue hysterisch gemacht, Henri in Ektoplasma verwandelt und ihre Kindheit schon rein körperlich durch höllische Koliken belastet. Zwischen den beiden Schwestern verstrich die Zeit wie damals, sie lagen auf der Lauer, erfahrene Interpreten von Geräuschen des Zu-Bruch-Gehens, von verdächtigen Bewegungen im Haus. Clothilde wuselte herum, geschäftig wie ein Nagetier, suchte nach Auswegen, hämmerte, feilte, atmete schwer. Alice, innerlich beschäftigt, erfand weiter ihre faszinierende Familie Malandrin, mit Hilfe von Schulbüchern, Gasrechungen und notariell beglaubigten Papieren. Sie hätte alles dafür gegeben, sie hier mit Kindern und Familienanhang aufkreuzen zu sehen.

Am zweiten Abend, wohl so gegen sechs, hatte François einen Stuhl mitgebracht, auf den er sich an der Schwelle zu ihrer Kammer setzte. Die beiden Schwestern spürten, dass sich hinter dem starren und bläulichen Blick dieses Mannes etwas zusammenbraute. Sie setzten sich auf das knackende Stroh eines alten vertrockneten Sofas und warteten, bis er zu sprechen begann. Seine außergewöhnliche Stimme war sehr tief und warm, sie hatte den Klang eines gestandenen Mannes im Körper eines jugendlichen Greises. Er fing an zu erzählen, wie er ihrer Mutter begegnet war, bei einem Konzert anlässlich der Partnerschaft der Stadt, mit einer deutschen Stadt in Baden-Württemberg. Die beiden Schwestern warteten, jede in einer eigenen Version ihres Vaters, zunächst nur darauf, »dass das vorüberging«. Doch nach und nach ließen sie sich gefangen nehmen von François' eigenartiger Erzählung, die er mit einer Fülle beunruhigender Details anreicherte: das damalige Wetter, Daten, anwesende Persönlichkeiten, Sonaten, die ihre Mutter gespielt hatte. Er erzählte ihnen ein widerwärtiges Märchen, in dem Alice und Clothilde, während die Nacht hereinbrach und die Jahre vergingen, niemals vorkamen. Er entwarf ein dreidimensionales Porträt dieser unbekannten, immer lächelnden und kinderlosen Marie-Claude, die auf den sonnigen Terrassen der Cafés von La Baule nur Sodawasser trank. Als er auf seinen »Auszug« in die Remise zu sprechen kam, hielt sich Alice, die sich schon seit einer Weile unruhig an der Schulter ihrer Schwester hin und her bewegte, die Ohren zu und kniff die Augen fest zusammen. François Kantor stand abrupt auf, der Stuhl polterte die Treppe hinunter. Clothilde bekam es mit der Angst zu tun, für sie war dieses gemeingefährliche »Arschloch« zu allem fähig, während Alice ihm das Vorrecht der Exzentrizität einräumte, bis zu diesem Abend zumindest. »Ab dem Augenblick ist alles schiefgegangen«, sollte Clothilde später, während sie die Vorgänge pantomimisch darstellte, Pierre und seinen beiden Söhnen erzählen, die, noch nachträglich in Angst und Schrecken versetzt, atemlos zuhörten. In dem Moment, doch das würde sie für sich behalten, fragte sie sich auch, ob der Wahnsinn des Vaters vielleicht in die Gene ihrer Schwester übergegangen war.

Alice, eingesperrt in ihre Dunkelheit, machte daraufhin »etwas Unglaubliches«: Sie fing an zu singen. Clothilde und François sahen sich gleichermaßen verblüfft an. Aus der Tiefe ihrer Kindheit emporgestiegen, vergessen nach den Jahren, drang das verbotene Lied plötzlich aus Alices Mund wie ein dünner Faden Galle. Es war der *Gesang der Partisanen*, den François nicht ertragen konnte, ein echtes Geheimnis. Selbst Onkel Henri wusste nicht, woher diese plötzliche Panik kam, die ihn befiel, wenn er die Worte »Freund, hörst du …« vernahm, die seine Ohren zu peinigen schienen wie Pfeiftöne. Jeder Dokumentarfilm über den Zweiten Weltkrieg, jede Gedenkfeier im

Fernsehen oder im Radio waren unter seinem Dach verboten gewesen. Wie in einem Horrorfilm war dieses Lied die Schwachstelle, nach der man anderthalb Stunden lang suchte und durch die, sobald man sie entdeckt hat, die Außerirdischen oder Zombies vollständig ausgerottet wurden. Clothilde sang das Lied jetzt zusammen mit ihrer Schwester, aber aus voller Kehle, wie auf den Wanderungen im Ferienlager, wo man nur sie hörte.

François erbleichte, steif wie ein Epileptiker, der einen Anfall bekommt. Alice hatte die Augen noch immer geschlossen, Clothilde sah ihren Vater herausfordernd an, mit irrem Blick. Dieser überlegte nicht lange und ergriff die Flucht, die Hände auf die Ohren gepresst, allerdings erst, nachdem er, leider, in aller Eile die Tür zum Speicher abgeschlossen hatte. Die Panik, Alices genialer Einfall, die blank liegenden Nerven – die beiden Schwestern setzen das unbändige Lachen fort, das sie vor ein paar Tagen auf der Beerdigung ihrer Mutter im Schnee nur ein paar Kilometer entfernt begonnen hatten. Das Gelächter wurde zu einem gezwungenen Lachen, erlosch dann wie ein Feuer und lieferte sie nach und nach der Stille aus, die sie in der kalten Dunkelheit durchforschten, die Sinne geschärft von der Angst vor den Reaktionen, die eine kindliche Dummheit bei diesem verrückten Mann auslösen konnte, der ihr Vater war.

Kurz darauf brachte er ihnen, ohne sie eines Wortes oder eines Blicks zu würdigen, mit starrem Gesicht, als sei nichts geschehen, ein Tablett mit versteinerten Sandwiches und einem Krug Limonade. Während sie durch das Getränk, dem etwas beigemischt worden war, besonders tief schliefen, fesselte François Kantor seine beiden Töchter wie siamesische Zwillinge Rücken an Rücken fest aneinander.

Nach einer chaotischen Nacht voller zerfaserter Träume wurde Clothilde das ganze Ausmaß ihrer Dummheit vom Vorabend bewusst. Hinter ihrem Rücken atmete Alice wie eine unbesonnene Schläferin. Die Ältere der Kantor-Schwestern, die prinzipiell niemals weinte, spürte, wie sich in ihren Augen die Tränen sammelten, und hob das Kinn, damit sie in die andere Richtung zurückflossen. Sie versuchte ihrem Gesicht auszuweichen, das ihr aus einem stockfleckigen Pfeilerspiegel entgegenblickte, der an der Mauer lehnte. Am Abend zuvor hatte sie in ebendiesem Spiegel entdeckt, dass ihr Mund unschöne verkniffene Bewegungen machte, wenn sie sprach, und dass ihre Wangen auf die Oberlippe zuliefen, als hätte sie nicht genügend Haut im Gesicht. Da hatte sie zwischen ihr und ihrem Spiegelbild die schwere Last der Zeit gespürt, die zwischen der, die sie gewesen war, und der, die sie geworden war. Eine große Traurigkeit hatte sie überfallen, wie man sie empfindet, wenn man die Hand in eine Schachtel voller alter Fotos von sich als Kind taucht, wenn der Körper noch ganz neu ist und man die Hand unbesorgt seinen Henkern reicht.

Alice redete im Traum. Man konnte nichts verstehen, es waren lediglich leichte nervöse Zuckungen, die auf eine Ängstlichkeit hindeuten, eine verfehlte Treppenstufe, einen Sprung ins Leere. Clothilde fragte sich, ob das, was sie da erlebten, nicht der schlimmste aller Albträume war. »Ich bin zu alt dafür«, dachte sie zutiefst deprimiert. Seit sie erwacht war, hatte sie noch kein Geräusch im Haus gehört. An den beiden vorhergehenden Tagen hatte er ihnen morgens Kaffee gebracht, und sie hatten ihn husten hören wegen der gedrehten Zigaretten, die er im Garten rauchte. Sie hielt diesen Mann für fähig, einfach zu gehen und zu vergessen, dass er sie zurückgelassen hatte, oder sich tatsächlich nicht mehr zu erinnern, wo das Haus stand, wie ein Schlüsselbund, den man verlegt hat. In weiter Ferne erklang von Zeit zu Zeit ein überaus trauriges Bellen, das sie an dieses Gefühl der Verlassenheit erinnerte, das das Geräusch der Reifen eines unbekannten Wagens auf dem nassen Asphalt, der sie hätte retten können, in ihrer Kindheit stets ausgelöst hatte, und das mit zunehmender Entfernung immer leiser geworden war.

Seit sie das Kommissariat verlassen hatten, schien der Mann, der auf dem Rücksitz neben Coignard saß, nicht mehr ganz von dieser Welt zu sein. Von Angst ergriffen presste Picasso die letzten Tropfen eines wohl bald versiegenden »Bewusstseinssaftes« aus Kantor heraus. Irgendetwas im Gehirn des alten Mannes war geplatzt und verbreitete sich nun in seinen Gliedmaßen, als sei er im Begriff, auf seinem Sitz zu schmelzen. Der Inspektor versuchte, den Faden nicht zu verlieren, und fragte Kantor unablässig, ob der Weg stimme und ob es noch weit sei. Coignard versuchte sich auf einer Karte der Gegend zu orientieren. Picasso kam es so vor, als sei zum ersten Mal seit langem schönes Wetter, und das Kind in ihm wollte ein gutes Zeichen darin sehen. Geleitet von Kantors letztendlich doch ziemlich präzisen Angaben, folgte Picasso ein paar Kilometer einer kleinen Straße, die bisweilen von schmutzigen Bauernhäusern gesäumt wurde, die unbewohnt wirkten. Dann bogen sie auf eine Landstraße, die von den riesigen Bäumen eines Parks hinter einer Mauer aus sehr alten Steinen beschattet wurde. Etwas weiter hinten deutete Kantor auf ein schmiedeeisernes Gittertor.

»Da ist es«, sagte er.

Das Glücksgefühl, das ihn durchströmte, wirkte auf Picasso wie eine Ohrfeige auf einen Ertrunkenen. Am Ende einer Allee erblickten sie die Fassade eines dieser kleinen Landhäuser, von denen es in der Gegend wimmelte.

»Wer wohnt hier?«, fragte Picasso Kantor im Rückspiegel.

»Leute. Ich bringe manchmal den Garten in Ordnung.«

»Sie?«, entgegnete Coignard.

»Wenn ich Geld brauche, kümmere ich mich um die Bäume.«

»Coignard«, sagte Picasso mit tonloser Stimme. »Schauen Sie.«

Coignard sah hin und bemerkte, dass sich an der Fassade etwas bewegte. Picasso verkniff es sich, seinen Kollegen, der ihm zuweilen als Brille diente, zu fragen, welche der beiden Schwestern da etwa zehn Meter über dem Boden am Ende eines Seils baumelte. Aus einer kleinen

Dachluke gestikulierte die andere wie wild. Die beiden Gestalten erstarrten, als sie den Wagen hörten.

Picasso stürzte aus dem Auto und brüllte Clothilde zu, wieder hinaufzuklettern, in einem Ton, der keinen Widerspruch duldete. Die Ältere der Kantor-Schwestern gehorchte. Alice war aus dem Quadrat des Fensters verschwunden. Es ist vorbei, dachte Picasso, während er ins Haus ging. Es ist vorbei, dachten die beiden Schwestern, es ist vorbei, seufzte Coignard, während er aus dem Wagen stieg. Auf dem Rücksitz schien Kantor, erschlafft wie ein Spielzeug, dessen Batterien leer sind, zu schlafen, mit offenem Mund, die flachen Hände entspannt auf seinen toten Beinen.

12

Picasso fuhr über dieselbe Autobahn wie am Abend des Schneesturms. Der Himmel war wolkenlos, und Coignard, der neben ihm saß, betrachtete die Landschaft.

»Was halten Sie von den Kantor-Schwestern?«, fragte Coignard träumerisch.

Sein Ausflug mit Picasso hatte ihm in gewisser Weise Flügel verliehen, und er nutzte das, lange würde es nicht anhalten.

»Ich halte sie für die Überlebenden einer anstrengenden Jugend.«

Coignard, der diese Antwort nicht erwartet hatte, überlegte.

»Ja und nein«, erwiderte er. Picasso warf einen fragenden Blick auf sein langes, schmales Profil. »Oder finden Sie es normal, dass sie drei Tage gebraucht haben, um einen Fensterladen aufzubrechen?« Er blickte Picasso an, der zwei Lastwagen überholte, 160 km/h auf dem Tacho, registrierte Coignard. »Ist doch wahr, er war am ersten Abend nicht schwerer zu öffnen als am Morgen des dritten Tages.«

»Wie lautet Ihre Theorie, Coignard?«, fragte Picasso, noch immer auf der linken Fahrspur, obwohl die Laster bereits weit hinter ihm waren.

Coignard wusste, dass er sich idiotisch benahm. Egal.

»Ich denke, die Kantor-Schwestern haben ihren Vater vielleicht verrückt gemacht.« Nach einer Pause fügte er hinzu: »Und warum nicht auch ihre Mutter …«

Picasso atmete tief ein, als liege die Lösung in der Luft. Vielleicht suchte er darin auch eine Art Beruhigung.

»Suchen Sie nicht nach Verantwortlichen, Coignard. Es gibt in dieser Geschichte zwei aus der Bahn Geworfene, die zwei Kinder gezeugt haben, ohne nachzudenken. Sie haben auf übertriebene Weise Hölle gespielt in einem Haus in der Provinz mit Remise im Garten. Ein Onkel und eine Tante haben, jeder von seinem Meer aus, mit Ferngläsern seufzend die Szene betrachtet. So viel zum äußeren Schein. Was den Rest betrifft …«

Picasso fegte mit seiner linken Hand durch die Luft, um »den Rest« darzustellen.

»Immerhin hat es zwei Tote gegeben«, entgegnete Coignard.

Picasso betrachtete im Rückspiegel die Lehne des Sitzes, auf dem Kantor am Tag zuvor die Welt verlassen hatte. Es war in genau dem Augenblick geschehen, in dem der Inspektor aus dem Wagen gestiegen war, um Clothilde zuzubrüllen, sie solle aufhören, die Fassade des Herrenhauses hinunterzuklettern. Eine schöne Gleichzeitigkeit.

»Ihre Theorie zeugt nicht gerade von Lebensfreude«, fuhr Coignard fort.

»Ich habe keine Theorie. Jede Geschichte erschafft ihre eigene Theorie, ihren eigenen Geruch, ihre besondere Musik. Schicksal. Wille. Schwäche … All das hält nie sehr lange … Es sind Schlüssel, die Türen öffnen, die nirgendwo hinführen. Man muss scharfsinnig und aufmerksam sein, Patrick, das ist sehr wichtig. Unsere Leben lassen sich nicht auf Verantwortlichkeiten reduzieren. Unsere Leben sind grenzenlos, reich und riskant.« Coignard blickte konzentriert auf die Straße, um den «Patrick« zu verdauen, den er zum ersten Mal aus Picassos Mund hörte, und auch dieses ernste … »Außerdem ist es heiterer, als Sie glauben«, redete der Inspektor weiter. »Für die Eltern war alles im Arsch, da gebe ich Ihnen recht, sie hatten keinen Sinn für das Leben, aber das ist die Vorgeschichte, sicher ebenso subtil, aber wir sind keine Historiker. Die beiden Töchter haben aus dem Schlamassel herausgefunden. Ohne Führer, Coignard, tastet man herum, verliert viel Zeit …«

»Genau das hab ich doch gemeint. Sie konnten nichts machen, solange die Eltern um sie herum waren.«

Picasso blieb stumm und ließ Coignard mit seinem ins Leere gesprochenen Satz allein.

In Hélènes Wohnzimmer sah Juliette fern, während sie auf ihren Vater wartete. Zwei Briefe aus Indien warteten ebenfalls auf ihn in der Ablageschale in der Diele, Umschläge aus Recyclingpapier, nur an ihn adressiert. Picasso küsste seine Tochter, die er für »conquisiert« hielt, wie Hélène gereizt zu sagen pflegte, wenn Juliette zu lange bei den Conques gewohnt hatte. Es gab vor allem ein untrügliches Zeichen: Sie sah ihre Eltern dann, das dauerte ein, zwei Tage, leicht zweifelnd an, als entdeckte sie sie erst jetzt und fände das Ergebnis nicht gerade berauschend. Doch an diesem Tag begriff Juliette, während sie ihren Vater beobachtete, dass irgendetwas an ihm anders war, etwas, das sie zwischen dem Fortgehen ihrer Mutter und seiner Fahrt in die Provinz nicht abzuschätzen vermocht hatte. Es war kaum wahrnehmbar, wie bei jemandem, der abgenommen und eine stille Energie wiedergewonnen hatte. Juliette war davon beunruhigt, schlang das Abendessen hinunter und machte bis spätnachts ihre Hausaufgaben für den nächsten Tag.

Picasso öffnete Hélènes ersten Brief. Sie teilte ihm mit, dass sie vorhabe, früher als geplant zurückzukehren, vermutlich Ende Januar. Im zweiten Brief, datiert einen Tag später, hatte sie ihre Meinung wieder geändert und schrieb, sie sei letzten Endes doch zu dem Entschluss gelangt, »mindestens bis zum Sommer« zu bleiben. Picasso fand seine Frau »schwachsinnig« und wunderte sich selbst über sein Urteil. Das Wort passte nicht zu Hélène, und doch war es ihm in den Sinn gekommen, ein Pflasterstein, der in einen ruhigen Tümpel klatscht. Nachts hörte er seine Tochter im Nebenzimmer husten, empfand eine große Traurigkeit und döste bis zum Morgen vor sich hin, eingehüllt in den beharrlichen Geruch von Hélène, sich unwohl fühlend in seiner Haut.

Am nächsten Tag setzte er ein Kündigungsschreiben auf und rief, wie vereinbart, Alice an, die in den Schoß ihrer Familie zurückgekehrt war, nachdem sie den Dachboden verlassen hatte. Sie und ihre Schwester mussten sich um die Beerdigung ihres Vaters kümmern, »auf ein Neues«, hatte Clothilde gesagt, niedergeschmettert. Einer der Estremoz-Söhne erklärte ihm am Telefon, Alice sei wieder in Paris. In Paris sagte Iris ihm, ihre Mutter sei im Louvre.

»Sie arbeitet heute nicht«, teilte Agnès Prout ihm mit, während sie den energischen Mann prüfend ansah, der vor ihren Augen Feuer zu fangen schien.

Der Praktikant an der Ausgabestelle der Audioguides wurde befragt, Picasso blieb Agnès dicht auf den Fersen.

»Sie ist da. Sie hat mir gesagt, sie will sich ein letztes Mal den *Satyr* ansehen, bevor er nach Italien zurückkehrt«, sagte der junge Mann, während er die Kabel der Kopfhörer entwirrte.

Agnès fand es einfacher, ihn zu begleiten, als ihm zu erklären, wo sich Alice und der *Satyr* befanden. Sie durchquerten zahlreiche Säle und Gänge, benutzten Rolltreppen, Picasso wurde abwechselnd warm und kalt, und Agnès' hohe Absätze knallten wie Befehle auf die Marmorplatten. Picasso folgte ihr schweigend und mit gesenktem Kopf, ohne irgendetwas wahrzunehmen, so sehr war er in seine eigene Welt versunken.

»Hier ist es«, sagte Agnès, bevor sie sofort kehrtmachte.

Picasso betrat einen sehr dunklen Raum. Umgeben von blassen Aktfiguren, alle etwas größer als er und so ruhig angesichts seiner Angst, beobachtete er die wenigen Besucher, die leise über die Inszenierung diskutierten. Dann sah er Alice von hinten auf einem Stuhl sitzen, die Beine übereinandergeschlagen, kerzengerade. Vollkommen regungslos betrachtete sie einen grünlichen Dämon, der für sie allein tanzte, halb Mann, halb Frau, nackt und schamlos. Ein Schauer elektrisierte Picasso von Kopf bis Fuß, und er unterdrückte einen Schrei des Entsetzens. In diesem Moment wusste er, so wie man weiß, dass man sterben muss, dass diese Frau ihm immer entgleiten würde, zugunsten von Satyrn und Statuen, Worten und in Stein gehauenem Haar, Gedichten, Beerdigungen auf Deutsch und Reisen im Schlafzimmer. Alice, deren Name Schicksal war, war dafür geschaffen, mit Abwesenden und Gleichgültigen zu leben. Er, dachte er, würde mit seiner erdrückenden Anwesenheit um sie herumstreichen wie sie um die Statuen, die sich niemals auslieferten. Er dachte an François Kantor und rannte aus dem Museum, an Agnès Prout vorbei, die er keines Blicks würdigte. Keuchend betrat er ein Bistro.

»Ein Bier.«

Er rief Coignard an, nachdem er in seiner Tasche den an seinen Chef adressierten Umschlag zerknüllt hatte. Coignard »befreite« gerade das Büro von der Weihnachtsdekoration. Jenseits der Fensterscheibe des Cafés funkelte der Platz in der Sonne, belebt von Touristen und Gelächter, wie ein Badestrand. Picasso schloss die Augen, betrachtete Alice zum letzten Mal, kippte sein Bier auf einen Zug hinunter und streckte die Brust raus, um möglichst viel Luft hereinzulassen. Er stieg in seinen Wagen und fühlte sich hoffnungslos lebendig und merkwürdig glücklich, als er feststellte, dass er trotz seiner 200.000 Kilometer immer noch anstandslos ansprang.

btb

Claudie Gallay

Die Brandungswelle

Roman. 557 Seiten

978-3-442-74313-1

Der Bestseller aus Frankreich.

Ausgezeichnet mit dem Grand Prix de Elle.

»Eine Perle von Buch!«

L'Express

»557 Seiten, aber keine zuviel!«

Christine Westermann

»Ein durch und durch sinnliches Buch.«

NDR

www.btb-verlag.de